슬프지만 안녕

슬프지만 안녕 new edition

지은이 황경신
펴낸이 임상진
펴낸곳 (주)넥서스

초판 1쇄 발행 2006년 4월 20일
초판 11쇄 발행 2014년 9월 5일
2판 1쇄 발행 2015년 10월 15일
2판 4쇄 발행 2018년 6월 10일

출판신고 1992년 4월 3일 제311-2002-2호
주소 10880 경기도 파주시 지목로 5
전화 (02)330-5500 팩스 (02)330-5555

ISBN 979-11-5752-520-1 03810

가격은 뒤표지에 있습니다.
잘못 만들어진 책은 구입처에서 바꾸어 드립니다.

www.nexusbook.com
큐리어스는 (주)넥서스의 일반물 출판 브랜드입니다.

슬프지만
안녕

황경신 지음

Qrious

이것은 하나의 이야기,

존재한 적이 없는 일들에 관한 이야기다.

— 제임스 설터

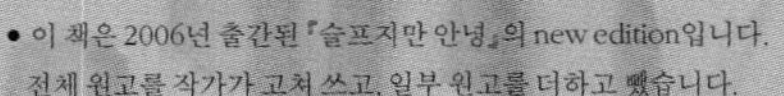
• 이 책은 2006년 출간된 『슬프지만 안녕』의 new edition입니다.
전체 원고를 작가가 고쳐 쓰고, 일부 원고를 더하고 뺐습니다.

프롤로그

여기, 저 홀로 아름답고 고요하고 완결된 풍경이 있다. 그 속으로, 저 홀로 외롭고 쓸쓸하고 불안한 사람 하나가 걸어 들어온다. 그의 발자국 위로 파도가 밀려왔다 밀려가는 사이, 햇살이 젖은 모래 위에 긴 그림자를 그리는 사이, 겨울이 지나고 봄이 온다. 여름이 지나고 가을이 온다. 어느 날 한 사람이 있는 풍경 속으로 또 한 사람이 들어온다. 저 홀로 외롭고 쓸쓸하고 불안하여 뭔가를 찾아 헤매는 사람이다. 두 사람은 나란히 걷기도 하고 떨어져 걷기도 한다. 한 사람이 다른 사람을 기다리기도 하고 다른 사람이 한 사람을 기다리게 만들기도 한다. 가까워지거나 멀어지는 동안 두 사람은 행복하기도 하고 불행하기도 하다. 다시 여름이 지나고 가을이, 겨울이 지나고 봄이 온다. 한 사람이 풍경 밖으로 사라진다. 남은 사람은 외롭고 쓸쓸하고 불안하다. 그 역시 뭔가를 찾기 위해 풍경 밖으로 걸어 나간다. 풍경은 다시 아름다움과 고요함으로 완결된다. 이것은 나의 풍경 속으로 잠시 들어왔다가 사라진, 당신에 관한 이야기들이다.

차례

녹턴

남자를 만나다

귀를 기울이면 여름이 지나가는 소리가 들린다. 레코드 가게에서 흘러나오는 쇼팽의 녹턴이 계절의 걸음을 재촉한다. 스물네 살에 세상을 떠난 바이올리니스트의 연주다. 워낙 오래전에 녹음된 것이라 상태는 그리 좋지 않다. 치익, 치익, 바늘이 레코드 위에 흔적을 남기는 소리가 섞여든다.

레코드 가게 앞에는 중고 레코드들이 가득 담겨 있는 낡은 종이박스가 여러 개 놓여 있다. 박스 위에는 매직펜으로 '1장 1000원, 3장 2000원'이라고 휘갈겨 쓴 글씨가 보인다. 글씨를 쓴 사람은 레코드 가게의 주인이다. 스물아홉? 서른? 신뢰감을 주는 반듯한 인상이다. 남자는 종이박스 옆에 놓인 낡은 의자에 앉아 책을 보고 있다. 쇼팽의 녹턴은 의자 옆에 놓인 낡은 스피커에서 흘러나온다.

교복을 입은 여학생이 가게 앞을 지나다가 걸음을 멈춘다. 종이박스 안에 담겨 있는 오래된 레코드들을 신기한 듯 바라보다가, 아예 쪼그리고 앉아 한 장씩 들추어본다. 열여덟, 열아홉? 호기심으로 반짝이던 눈빛은 잠시 후 심드렁해지고, 살짝 벌어졌던 입술도 삐쭉해진다. 따분해 죽겠네, 라는 표정으로 여학생은 남자를 바라본다. 남자는 고개 한 번 들지 않고 여전히 책에 몰두하고 있다.

뭐야, 조그맣게 투덜거리며 그녀는 박스를 다시 뒤적인다. 이번에는 약간 거칠어진 손놀림으로 레코드를 확 잡아 빼고, 재킷 속을 뒤져 까만 판과 반쯤 찢어진 속지 같은 것을 훑어보고, 아무 곳에나 다시 꽂는다. 자신이 만들어내고 있는 소음을 의식하며 힐끗, 남자 쪽을 보지만 그는 여전히 똑같은 자세로 앉아 있다.

"아저씨."

여학생은 마침내 그를 불러본다. 하지만 남자가 눈을 들자 갑자기 할 말을 잃어버리고 입을 다문다. 그는 다시 책으로 시선을 옮긴다. 여학생은 발딱 일어서서, 볼멘소리로 한 번 더 말을 건다.

"아저씨. 아저씨가 여기 주인이에요?"

남자는 고개를 들지 않고 대답한다.

"응."

"손님이 왔으면 거들떠보기라도 해야죠."

"필요한 거 있니?"

아직도 책에서 시선을 떼지 않고 있는 남자 때문에, 그녀는 도전적으로 목소리를 높인다.

"여긴 뭐든 다 있어요?"

"뭘 원하는데?"

남자의 목소리는 여전히 차분하다. 뭐라고 이야기를 해야 이 남자가 나한테 신경을 쓸까, 잠시 고민하던 그녀는 가장 무난한 질문을 떠올린다.

"요즘 같은 때 듣기 좋은 음악, 없어요?"

"요즘 같은 때?"

"가을이잖아요, 가을."

가을인가, 하고 남자는 생각한다.

"어떤 음악을 좋아하는데?"

남자는 비로소 고개를 들고 여학생을 본다.

"몰라요."

그녀는 왠지 화가 난 표정이 되어 남자의 시선을 외면한다.

"지금 나오는 음악은 어때?"

남자가 부드럽게 묻는다. 여학생은 잠시, 낡은 스피커에서 흘러나오는 쇼팽의 녹턴을 듣는다. 바이올린의 선율이 바람 사이로 스며든다.

“뭐, 나쁘진 않네요.”

그녀가 순순히 고개를 끄덕이자, 남자는 자리에서 일어나 가게 안으로 들어간다. 얘길 하다 말고 갑자기 뭐야, 여학생은 그의 뒷모습을 멍하니 보다가 남자가 읽고 있던 책으로 눈길을 돌린다. 책을 집으려고 막 손을 뻗는데, 남자가 돌아온다. 그녀는 나쁜 짓을 하다가 들킨 사람처럼 얼굴이 빨개진다. 남자는 들고 온 레코드 재킷을 내민다.

“나도 알아요, 이 사람. 쇼팽이잖아요.”

괜히 뾰로통해진 채로, 그녀는 레코드를 받아든다.

“그래.”

남자는 다시 의자에 앉는다.

“지금 나오는 게 이거예요?”

남자는 고개를 가볍게 끄덕이며 책을 도로 집는다.

“얼만데요?”

그가 다시 책 속으로 빨려 들어갈까 봐, 여학생은 다급하게 묻는다.

“집에 턴테이블 있어?”

거짓말을 할까, 잠시 망설이느라 대답이 늦게 나온다.

“…아뇨.”

“CD는 없어. 저 아래 있는 레코드 가게, 알지? 그리로 가.”

여학생은 그 말을 들은 척 만 척, 레코드를 만지작거린다.

"하루에 몇 장 팔아요?"

남자는 대답이 없다.

"다섯 장? 열 장?"

그녀는 어떻게든 대화를 이어가고 싶다.

"잘 모르겠는데."

무심한 어조로 남자가 대답한다.

"주인이 뭐 그래."

여학생은 들고 있던 레코드를 박스 위에 툭, 내려놓는다. 남자는 다소 무례해 보이는 그 동작에 대해 별 반응을 보이지 않고, 다시 책을 읽기 시작한다. 이제 무슨 말을 해야 할지, 그녀는 알 수가 없다. 남자는 이미 다른 세계로 가버렸고, 두 번 다시 돌아오지 않을 사람처럼 보인다. 그녀의 입술 사이로, 가벼운 한숨이 새어 나온다.

안녕, 들릴 듯 말 듯한 목소리로 여학생은 짧은 인사를 하고, 터덜터덜 거리를 걸어간다. 바이올린의 선율이 부드럽게 거리를 감싸 안는다. 어쩌면 바람인지도 모른다.

다음 날 오후, 어제보다 조금 깊어진 가을이다. 남자는 종이 박스를 뒤적이고 있다. 어차피 팔리지 않을 레코드를 추려내는 중이다. 바람이 불어 그의 이마에 투명하게 맺힌 땀을 식힌다.

바람을 조금 더 느껴보고 싶다는 듯, 일어나서 기지개를 켜던 남자는, 그를 빤히 바라보고 있는 여학생을 발견한다. 서너 걸음 떨어진 곳에, 여학생은 가방을 들고 다소곳이 서 있다. 남자는 잠깐 미소를 짓는다.

"그거랑 똑같은 거 없어요."

여학생은 빨개진 얼굴을 돌린다.

"똑같은 거?"

"어제 보여준 레코드. 그렇게 생긴 건 없었어요. 저기 아래 있는 가게, 가봤는데."

왠지 서러운 마음이 들어, 그녀의 목소리가 가라앉는다.

"똑같은 건 없겠지. 아주 예전에 나온 거니까."

"그럼 어떡해요?"

애타게 구조를 기다리는 사람처럼, 그녀는 그를 본다.

"쇼팽의 녹턴 앨범은 많아. 거기 주인한테 물어보면 좋은 걸 골라줄 거야. 바이올린 연주도 있고, 피아노도…."

"싫어요."

여학생은 단호하게 그의 말을 자른다.

"그거랑 똑같이 생긴 거 아니면."

남자는 난감해진다.

"턴테이블 없으면 못 들어, 레코드는."

"아저씨가 권해준 거니까, 어떻게든 해봐요."

억지를 부려보지만, 남자는 웃지도 않고 의자에 앉더니 책을 집어 든다. 그녀는 당황한다. 화가 난 걸까? 사과를 해야 하는 걸까?

"안에 들어가서 구경해도 돼요?"

사과 대신, 그녀는 묻는다.

"그래."

남자는 선선히 대답한다. 바람이 불어와, 책장을 두서없이 넘긴다. 남자는 바람이 펼쳐놓은 페이지를 그냥 읽는다. 스피커에서 치익, 하고 바늘 긁히는 소리가 들리다가 급히 사라진다. 잠시 후 다시 한 번 치익, 치익 하는 소리가 나다가 그치더니, 여학생이 밖으로 나온다.

"죄송해요."

그녀가 말한다.

"괜찮아."

여전히 고개를 들지 않은 채로, 남자가 대답한다.

"긁혔으면 어떡해요?"

"괜찮다니까."

"물어낼게요."

남자는 고개를 들고 생각에 잠긴다. 무슨 이야기를 하려는 거지? 그녀는 자신의 심장이 고동치는 소리를 듣는다.

"너, 저기 위에 있는 학교에 다니지?"

"네."

뜻밖의 질문을 받은 그녀는, 왜 그런 걸 묻는지 생각해본다.

"왜요? 설마… 선생님한테 이르게요? 애도 아니고…."

"수업 끝났어?"

남자의 두 번째 질문에, 그녀는 할 말을 잃는다.

"땡땡이구나."

남자의 얼굴에 웃음기가 어린다.

"아저씨랑 상관없잖아요."

그녀의 입술이 뾰로통해진다.

"그래, 상관없어."

남자는 다시 책으로 시선을 가져간다.

"상관, 있어요."

"뭐가."

"아저씨 가게랑 우리 학교랑 가까우니까, 이웃이잖아요."

"그래, 알았어."

아무래도 상관없다는 듯, 마른 목소리로 남자가 말한다. 두 사람 사이에 침묵이 흐르고, 그녀가 그곳에 머물러야 할 이유가 사라진다. 오늘은 안녕, 이라는 인사도 하지 말아야지, 그녀는 휭 하고 몸을 돌린다.

"카세트는 있어?"

막 걸음을 옮기려는 여학생의 뒤에 대고, 남자가 묻는다.

“카세트요?”

그녀가 돌아본다.

“그래.”

“아마… 있을 거예요. 왜요?”

잘 가라, 남자가 말한다. 여학생은 잠시 기다리지만, 남자는 더 이상 아무 말이 없다. 바람이 불어와 책장을 다시 두서없이 넘긴다.

오래된 커피메이커 안에서 보글보글 커피가 끓고 있다. 마지막 방울이 떨어지기를 기다렸다가, 남자는 두 개의 컵에 커피를 따라서, 초가을 햇살이 번져가고 있는 가게 밖으로 나온다. 여학생은 한 손에 가방을, 다른 손에 큼직한 종이봉투를 들고 그를 기다리고 있다.

“선생님한테 안 걸리니?”

오늘은 남자가 먼저 말을 꺼낸다.

“저한테 별로 관심이 없어서요.”

그녀는 커피를 받아들고 홀짝, 마신다.

“출석은 부를 거잖아.”

“양호실에 간 걸로 되어 있거든요, 수업 시간에는. 야자 때는 뭐, 제가 있는지 없는지도 몰라요. 어차피 대학도 안 갈 애한테 신경 같은 거 써봤자지.”

별로 하고 싶은 이야기는 아니지만, 대화가 끊어지지 않도록 그녀는 대답을 길게 한다.

"삼 학년이구나."

남자는 낡은 스피커 위에 걸터앉으며 눈짓으로 의자를 가리킨다.

"거기 앉아."

여학생은 잠시 망설이다가 의자에 앉는다. 침묵이 흐른다.

"아저씨."

무슨 말을 해야 할까, 속으로 짚어보며 그녀가 그를 부른다.

"응."

남자는 오늘, 책 대신 그녀를 보고 있다.

"여기 진짜 장사 안 된다. 어떻게 먹고살아요?"

남자는 빙긋 웃기만 한다.

"요즘 누가 이런 걸 산다고… 차라리 CD를 팔지… 하긴 요즘 음반 시장도 불경기지."

여학생은 입에서 나오는 대로 지껄인다.

"그런 것도 알아?"

"무슨 이유라도 있어요? 그러니까… 음… 오래전에 헤어진 첫사랑이 돌아오기를 기다린다거나… 그래서 여길 없애버리면 안 된다거나…."

여학생은 제풀에 포기해버린다. 에이, 뭐 이렇게 시시한 애기밖에 생각이 안 나냐.

"맞아."

남자의 입에서 의외의 대답이 나온다.

"에? 진짜요?"

여학생의 눈이 동그래진다.

"진짜."

"아, 아니, 그게 아니라…."

그녀는 당황하고, 남자는 입을 다문다. 먼 하늘 위로 하얀 구름이 소리도 없이 흘러간다.

"아참."

여학생은 마침내 다른 화제를 찾아낸다.

"이거… 열어보세요."

그녀는 옆에 놓아둔 종이봉투를 손가락으로 가리킨다. 열두 장의 레코드가 그 안에 담겨 있다.

"아빠가 옛날에 듣던 건가 봐요. 먼지가 잔뜩 쌓여서는."

자신의 마음을 들킨 것 같아, 그녀는 쑥스럽다. 남자는 정성스러운 손놀림으로 레코드를 한 장씩 살펴본 다음, 종이봉투에 도로 넣는다.

"왜요? 여기서 팔면 안 돼요?"

겁먹은 얼굴의 여학생을 남겨두고, 남자는 가게 안으로 들어간다. 뭐야, 얘길 하다 말고. 여학생은 그의 뒷모습을 바라보며 피식, 웃는다. 돌아온 남자의 손에 조그마한 카세트테이프가 들려 있다.

"뭔데요?"

"듣고 싶다고 한 거."

여학생은 테이프를 받아들고 앞뒤를 살펴본다. 아무것도 쓰여 있지 않다.

"혹시, 쇼팽?"

그녀의 심장이 뛰기 시작한다.

"이건 도로 가져가. 듣진 않아도 아버지한테는 소중한 걸 거야."

여학생은 얼굴이 붉어진 채, 테이프를 쥔 손에 가만히 힘을 준다. 구름 하나가 두 사람이 서 있는 곳에 희미한 그림자를 드리웠다가, 곧 지나친다.

다음 날, 남자는 가게 앞에 놓인 종이박스들을 하나씩 정리하고 있다.

"뭐 하는 거예요?"

여학생이 묻는다.

"치우는 거야."

뒤돌아보지도 않은 채, 남자가 대답한다.

"왜요? 문 닫을 거예요?"

"응."

그는 박스에서 레코드를 꺼내고 분류하는 작업을 계속한다.

"안 기다려요?"

다급한 마음에, 그녀의 입에서 엉뚱한 소리가 튀어나온다.

"누굴?"

모른 척, 남자가 말한다.

"…그 여자."

여학생의 말에, 남자는 미소를 짓는다.

"안 와."

"어째서요?"

그는 하던 일을 멈추고, 그녀를 향해 몸을 돌린다.

"음악은 들어봤어?"

"네."

여학생은 자신 있게 대답한다.

"카세트가 있었구나."

"없었어요. 옛날에는 있었는데, 엄마가 버렸대요."

"그럼 어떻게 들었어?"

"아빠 차."

그녀가 자랑스럽게 대답한다.

"십 년도 더 된 차라서, 그런 게 붙어 있어요. 근데 아빠가 늦게 와서, 새벽 한 시에 온 거 알아요? 겨우 들었네."

남자는 말문이 막힌다.

"끝까지 듣는 데 사오십 분 정도는 걸릴 텐데."

"세 번 들었어요."

그녀는 어깨를 으쓱하며, 별것 아니라는 표정을 짓는다.

"마음에 들었어요, 그 곡들. 특히 세 번째 곡이랑 마지막 곡에서 두 번째 곡."

"D플랫 장조 27-2번 하고 C샤프 단조…. 나도 좋아하는 곡이야."

"정말요?"

여학생은 믿을 수 없을 만큼 행복한 기분에 잠겨 눈을 꼭 감는다. 그 느낌이 사라지지 않도록 살며시 눈을 뜨자, 남자가 레코드를 내민다.

"선물로 줄게."

쇼팽이다.

"…왜요?"

기묘한 불안함이 그녀의 마음을 휩쓸고 지나간다.

"듣지는 못해도, 그냥 갖고 있어. 오래된 레코드는 그럴 만한 가치가 있거든."

"…언제 닫아요?"

남자는 대답하지 않는다.

"겨우 친해졌는데…."

그는 몸을 돌려, 다시 정리에 열중한다. 그녀가 태어나 처음 보는, 막연한 뒷모습이다.

"이런 말 듣기 싫겠지만, 너무 많이 빼먹지 마라, 학교."

남자가 말한다.

"아저씨."

"응."

"내일부터 안 나와요?"

"응."

"…저 내년에 스무 살 돼요."

그녀는 입술을 깨문다.

"축하한다."

"여기서 기다릴게요. 내년, 오늘."

"뭐 하려고."

"안 돼요?"

"기억 안 날 거야. 그때 되면."

"누가요? 아저씨가요?"

남자는 대답하지 않는다. 듣지 못한 것일지도 모른다.

"난, 안 잊어버릴 거니까, 잘 기억해둬요."

여학생은 잠시 그의 대답을 기다리지만, 그는 여전히 입을 다물고 일에 열중하고 있다. 그녀는 몸을 홱 돌려서, 뛰어간다.

음악도 없고, 바람도 불지 않고, 구름도 움직이지 않는, 가을 오후다. 한참 후, 남자는 몸을 일으키고 텅 빈 거리를 본다. 귀를 기울이면, 그래도 여름이 지나가는 소리가 들린다. 어쩌면 남자의 가느다란 한숨 소리인지도 모른다. 희망도 절망도 없는, 투명한 한숨이다.

여자를 만나다

이제 바람은 더 이상 가볍지 않다. 높은 곳에서 찰랑찰랑 떠다니던 바람은 낮은 곳으로 내려앉고, 잎들은 중력에 저항하지 못하고 땅으로 떨어져 내린다. 별로 특별할 것 없는 어느 동네의 어느 골목, 한때 쇼팽의 녹턴이 흘러나오던 레코드 가게의 문도 무겁게 닫혀 있다.

언젠가 이 가게 앞에는 중고 레코드들이 가득 담긴 종이박스가 놓여 있었고, 한 남자가 온종일 책을 읽고 있었다. 지금 문 닫힌 가게 앞에서 고개를 갸우뚱하고 있는 여자는 그 사실을 모른다. 여자는 엄지손톱을 깨물며 자신이 모르는 것에 대해 곰곰이 생각해본다. 그리고 곧, 한때 그 가게의 주인이었던 남자와 헤어져 있었던 시간이 꽤 길었다는 것을 깨닫는다. 조금 떨어진 곳에서 여자의 뒷모습을 보고 있는 또 다른 여자는 한 달 전의 그 남자를 알고 있는 여학생이다. 여학생은 한동안 물끄러미 서서 여자를 살펴보고 있다. 처음에는 뒷모습을, 잠시 후에는 걸음을 옮겨 옆모습을 본다. 그리고 마침내 여자의 옆으로 바싹

다가가서 흠흠, 하고 헛기침을 한다.

여자는 깜짝 놀라 여학생을 본다. 그리고 나쁜 짓을 하다가 들킨 것처럼, 여학생의 당돌한 눈빛을 외면한다. 여자는 조금 전 여학생과 시선이 마주쳤다는 사실을 지워버리려는 듯 고개를 흔들며, 어색하게 몸을 돌린다. 그러나 곧 여학생의 선명한 목소리가 여자를 붙잡는다.

"무슨 볼일 있으세요? 이 가게에?"

"아, 아니…."

말꼬리를 흐리며, 여자는 엉거주춤 여학생 쪽을 향한다. 여학생은 다시 한 번 꼼꼼히, 머리끝부터 발끝까지 그녀의 모습을 살핀다. 하늘하늘한 레이스가 달린 베이지색 롱스커트와 길고 풍성한 그녀의 머리카락 속으로 서늘한 바람이 통과하면서 우아한 곡선을 그린다. 여학생은 저도 모르게 한 손을 들어 올려 자신의 짧은 머리카락을 꾹꾹 잡아당긴다. 아무것도 아니야, 라는 표정으로 어깨를 으쓱하고 여자는 다시 돌아서려고 한다. 그러나 여학생은 자신이 그녀를 멈추게 할 수 있다는 것을 알고 있다.

"이 가게 하던 아저씨라면, 내가 알아요."

"아…."

여자는 은연중에 감탄사를 내뱉고, 여학생은 고개를 끄덕인다. 여자는 다음 이야기를 기다리지만, 여학생은 볼일 다 봤다는 듯 냉정하게 몸을 돌리고 빠른 걸음으로 멀어진다.

"저기, 잠깐만!"

여자는 다급하게 여학생을 부른다.

"왜요?"

여학생은 귀찮기 짝이 없다는 몸짓으로 걸음을 멈춘다.

"그러니까… 어디로… 갔어?"

더듬더듬, 여자는 겨우 하나의 문장을 만든다.

"누가요?"

여학생은 시치미를 뗀다.

"여기… 가게 하던…."

더욱 어렵게, 여자는 말을 잇는다.

"알아서 뭐 하게요?"

여학생은 여자를 조금 더 괴롭히고 싶다.

"저기… 옛날 친군데…."

"친구가 아니라 애인이겠죠."

"뭐?"

"나도 알아요. 그 아저씨 차버리고 간 사람이죠?"

"아, 아냐. 뭔가 오해를 하고 있는 것 같은데…."

"나한테 해명할 필요는 없어요. 변명을 하고 싶었으면 좀 일찍 왔어야죠."

여자는 꾸중을 들은 얼굴을 하고 풀이 죽어 묻는다.

“언제… 닫았어?”

“한 달 전에.”

여자는 가만히 고개를 끄덕이고, 입을 다문다. 이 정도로 그냥 포기하는 건가, 싶어서 여학생은 도리어 화가 난다.

“전화번호도 몰라요? 애인이었다면서.”

“그 사람… 휴대폰 같은 거 갖고 다니질 않아서….”

“진짜였어요, 그거?”

여학생은 반색을 하며 되묻는다.

“뭐가?”

“거짓말이 아니었구나.”

여학생의 혼잣말에, 여자는 또 한 번 뭐가?, 하고 묻는다.

“아무것도 아니에요. 그럼, 연락할 방법이 없어요?”

“응….”

“연락해도 소용없어요.”

그것 참 다행이네, 생각하며 여학생은 못을 박는다.

“혹시… 무슨 이야기, 들었어?”

여자는 조심스럽게 여학생의 반응을 살피고, 했죠, 하고 대답한 여학생은 여자의 반응을 살핀다. 여자는 초조한 눈빛으로, 그녀의 다음 말을 기다린다.

“기다리는 여자가 있다고 했어요.”

마침내 여학생은 마음을 정하고, 한 마디 한 마디에 힘을 실어 여자에게 통보한다.

"하지만 더 이상 안 기다린다고 했어요."

"…그래."

여자의 얼굴에 실망과 슬픔이 동시에 나타났다가 곧 사라지고 담담한 미소가 떠오른다. 어쩐지 그녀가 얄미워진 여학생은 굳이 필요 없는 이야기를 한 번 더 한다.

"혹시라도 누가 찾아오면, 그렇게 전해달라고 했어요. 다 끝난 일이라고."

"…그래… 그럴 거야… 고맙다."

흥, 하고 속으로 여자를 비웃어보지만, 여학생은 왠지 기분이 좋지 않다. 그러나 이미 뱉어버린 말을 다시 주워 담을 수는 없다. 여학생은 천천히 몸을 돌려 몇 걸음 걸어간다. 그러다가 문득 이상한 느낌이 들어, 뒤를 돌아본다. 여자는 그 자리에 그대로 주저앉은 채, 두 손으로 얼굴을 감싸고 있다. 여학생은 놀라서 그녀에게 다시 뛰어간다.

"왜 그래요?"

여자의 어깨가 조금씩 흔들린다. 망설이다가, 여학생은 그녀의 어깨에 가만히 자신의 손을 내려놓는다. 가을의 깊고 무거운 바람이 그들 사이로 불어온다. 바람은 곧, 우리가 모르는 다른 곳을 향해 떠나간다.

쇼팽의 녹턴이 흘러나오던 낡은 스피커, 그 옆에 놓여 있던 의자, 그 의자에 앉아 두꺼운 책을 보고 있는 그 남자를 여학생은 떠올려본다. 이제 그는 사라지고, 의자와 스피커와 쇼팽도 사라졌다. 여자와 여학생은 굳게 셔터가 내려진 가게 맞은편에 있는, 작은 카페 앞 야외 테이블에 앉아 있다. 여자는 한 손에 촉촉하게 젖은 손수건을 쥐고, 다른 손으로 커피 잔을 들어올린다. 그녀의 눈가에는 눈물 자국이 남아 있다.

"미안해. 이거… 어쩌지?"

손수건을 들여다보며 여자가 말한다.

"됐어요, 집에 많으니까."

여학생은 자신이 왜 이 여자와 함께 커피를 마시고 있는 걸까, 생각해보지만 그럴 듯한 이유를 떠올릴 수가 없어서 좀 짜증이 난다.

"…다음에 돌려줄게."

머뭇거리며, 여자가 말한다.

"무슨 여자가 손수건도 안 갖고 다녀요?"

여학생은 괜히 엉뚱한 트집을 잡는다.

"원래 덤벙거리는 성격이야."

그녀의 퉁명스러운 원망이 오히려 여자를 편안하게 만들었는지, 여자는 잠깐 미소를 지어 보인다.

"예에? 진짜예요?"

여학생은 조금 놀란다.

"사실, 이런 옷도 처음 입어봤어."

여자는 어색한 듯, 길게 늘어진 스커트 자락을 감싸 쥔다.

"손수건 같은 건 원래 안 갖고 다니는걸."

"그래요? 하긴, 나도 엄마가 꾸역꾸역 챙겨주니까 갖고 다니는 거지만."

여학생은 왠지 안심이 되어, 마음을 놓고 질문을 던진다.

"근데 왜 이렇게 늦었어요?"

"응?"

여자는 조금 멍한 표정으로 여학생을 본다.

"여태 뭐 하느라고 이제 나타났느냐구요."

"아… 글쎄…."

"그때는 아쉬운 줄 모르고 확 차버렸는데, 지나고 나니까 소중함을 알게 된 케이스인가요?"

"내가 찬 거 아니야."

여자는 순순히 고백한다.

"예에?"

"버림받았다고 생각했어."

"예에?"

여자의 말에, 여학생은 기억을 되새겨본다. 그런 뉘앙스는 아니었는데….

“…어쩌면 그 사람도 버림받은 거라고 생각했을지도….”

“알아듣게 좀 설명해봐요.”

여학생은 의자를 끌어당겨 여자에게 바싹 다가간다.

“그 사람한테는 다른 여자가 있었어.”

여자의 목소리는 투명하고 담담하다.

“우와, 보기보다 능력 있네. 근데 그게 무슨 상관이에요? 둘이 좋아하면 그만이지.”

“나도 있었어, 남자친구가.”

“끝내준다….”

여학생은 눈을 동그랗게 뜨고 여자를 빤히 바라본다.

“뭐가?”

“멋지잖아요. 그래서요?”

“그런데 서로의 감정을 숨길 수가 없어서, 몇 번인가 만났고….”

여자는 쑥스러운 듯, 고개를 살짝 숙인다.

“깊은 사이가 됐군요.”

“아니 거기까진….”

여자는 당황하여 손을 내젓는다.

“됐어요, 나도 알 건 다 아니까. 그래서요?”

“정말 아니야.”

여자는 정색을 하고 얼굴을 붉힌다.

"알았어요, 그래서요?"

"…알아버렸어."

"누가요? 아저씨 애인이? 아니면…."

"둘 다."

"바보같이! 그거 하나 제대로… 아니다, 차라리 잘됐네. 그럼 각자 애인이랑 헤어지고 본격적으로…."

"그러기에는… 여러 가지 사정이…."

더 이상 말을 잇지 못하고, 여자는 입을 다문다. 여학생은 그녀를 향해, 노골적으로 실망했다는 표정을 짓는다.

"그러니까 그 사람하고 그 여자는 아주 오래전부터…."

여자는 여학생이 납득할 만한 설명을 해보려고 한다.

"됐어요."

여학생은 그녀의 말을 싹둑, 잘라버린다.

"듣고 싶지 않아요, 여러 가지 사정 같은 건. 알 게 뭐예요."

뭐?, 하는 표정으로 여자는 그녀를 바라본다.

"그 정도만 사랑했다는 거예요, 결국."

"그 정도…?"

여자는 그녀의 말을 반복한다.

"이런저런 복잡한 일에 얽히는 게 싫었던 거겠죠. 그런 걸 감당할 만큼 서로 사랑한 게 아니었던 거예요."

"네가 모르는 일들이 많아. 어른들한테는…."

여자는 다시 한 번 설명을 해보려고 하지만, 여학생은 더 이상 듣고 싶지 않다.

"그런 거 몰라도 돼요. 서로 좋아하는데 그런 게 다 뭐람."

분하다는 표정으로, 여학생은 후루룩, 소리를 내어 커피를 마신다. 여자는 멍한 표정으로 입을 다문다. 바람은 잠시 걸음을 멈추고, 먼발치에서 두 사람을 보고 있다.

"그런데…."

꽤 긴 침묵이 흐른 후, 여자가 먼저 말을 꺼낸다.

"왜요?"

여학생이 묻는다.

"그 사람 정말… 나, 기다렸어?"

"말하기 싫어요."

여학생은 입술을 삐죽거리며 고개를 돌린다.

"…그래."

"기다렸으면 어쩌게요? 지금 와서."

그렇다고 금방 포기하니, 여학생은 속으로 그런 생각을 하며 한 마디를 더 한다.

"맞아…."

여자는 순순히 인정한다.

"원래 애인, 아직 만나요?"

"헤어졌어."

"흠."

"그 사람은…?"

"뭐요?"

"그 여자…."

"몰라요. 난 못 봤으니까. 근데 뭐 나야 아주 가끔 들른 거고…."

"그래, 그렇겠지…. 내가 끼어들 자리가 없어 보였어."

"서로 좋아했다면서요!"

"잘… 모르겠어. 그때는 그럴 거라고 생각했는데…."

"언니."

여학생은 한심하다는 듯 한숨을 쉬고, 결심한 듯 여자를 부른다.

"응?"

언니, 라는 말에 깜짝 놀라 여자가 되묻는다.

"언니 맞잖아요. 아줌마가 좋아요?"

"아, 아니… 날 싫어하는 줄 알았어."

"뭐, 좋아하진 않아요. 그래도 언니는 언니니까."

"그래…."

"그런데 내가 왜 싫어할 거라고 생각해요?"

"그 사람, …좋아하지?"

여학생은 얼굴이 빨개져서, 말문이 탁 막힌다.

"아마, 그 사람도 너 좋아했을 거야. 자신감 있고, 솔직한 사람을 좋아했거든."

"…뭐 아저씨에 대해선 언니가 나보다 훨씬 많이 알겠죠."

여학생은 조금 고분고분해져서, 작은 소리로 겨우 그렇게 말한다.

"기분 나쁘니?"

"조금."

"진짜 솔직하구나."

여자는 활짝 미소를 짓는다.

"철이 없어서 그런 거죠."

왠지 자신이 나쁜 사람이 된 것 같아, 여학생은 스스로를 조금 비난해본다.

"나도 그렇게 솔직했다면…."

"후회하세요?"

"네 말대로, 너무 늦었어."

"만나면 어떻게 하려고 그랬어요?"

"그럴 가능성은 전혀 없다고 생각했어. 헤어진 게 벌써 삼 년 전인걸."

"삼 년이나 됐어요?"

여학생은 깜짝 놀라서, 손가락을 꼽아본다.

"그럼, 나 중학생 때네…."

"그래서 가게가 아직 남아 있다는 게 신기했어. 한 달 전까지 여기 있었다니…."

"미련퉁이."

여학생이 중얼거린다. 여자가 아니라, 그 자리에 없는 남자를 향한 말이다.

"뭐?"

여자의 반응에, 여학생은 서둘러 고개를 젓는다.

"아, 아니에요. 그냥 혼잣말."

다시 한 번, 침묵이 찾아온다. 흔들흔들, 쓸쓸한 잎들이 바람을 타고 거리를 가로질러 날아간다. 낙엽은 문 닫힌 레코드 가게 앞까지 날아가, 떨어진다. 두 사람의 시선이 동시에 그곳에 머문다.

"갈래요."

커피를 단숨에 마시고, 여학생은 몸을 일으키려고 한다.

"기분이… 안 좋니?"

여자가 급히, 여학생의 한쪽 팔을 잡는다.

"분해요."

여학생은 입술을 깨문다.

"뭐가?"

어리둥절한 채, 여자는 여전히 여학생의 팔을 잡고 있다.

"좀 일찍 태어날걸."

"왜?"

"내가 아이돌이나 쫓아다닐 때, 그 아저씨는 언닐 만난 거잖아요."

"잘 안 됐잖아."

여자는 그제야 여학생의 이야기를 알아듣는다.

"그건 모르는 거죠."

"난 네가 부러워."

"뭐가요?"

"후회할 일을 만들지 않을 수 있잖아. 이제부터."

"그건 언니도 마찬가지잖아요."

"늦었다니까."

"안 늦었어요."

여학생은 힘겹게, 말을 꺼낸다.

"그 아저씨, 애인 같은 거 없었어요. 맨날 혼자 있었어요. 그러다가 겨우 친해졌나 싶었더니 금방 가버리고…."

여학생의 눈가에 눈물이 글썽, 하고 맺힌다.

"어떡하지… 이거밖에 없는데…."

여자는 당황하여, 여학생이 빌려준 손수건을 만지작거린다. 손수건은 아직도 축축이 젖어 있다.

"됐어요. 이 말은 진짜 안 해주려고 했는데…."

손등으로 눈물을 훔치며, 여학생은 말을 잇는다.

"계속 기다렸어요, 그 아저씨."

여자는 할 말을 잃는다.

"언니, 쇼팽 녹턴 좋아하죠?"

"…응."

"맨날 그거 틀어놓고, 저기 밖에 의자 내놓고, 손님도 하나도 없는데, 아침부터 저녁까지…."

여학생의 뺨을 타고 눈물이 주르르, 흘러내린다.

"…그래."

"뭐가 그래예요? 더 일찍 왔어야지!"

여학생은 화를 낸다.

"고맙다…."

여자의 목소리가 살짝 잠긴다.

"뭐가요!"

"하기 싫은 얘기 해줘서…."

"그럼 빨랑 찾아요, 그 아저씨!"

여학생은 갑자기 자리에서 벌떡 일어난다. 순간적으로 어떤 생각이 떠오른 것이다.

"여기서 잠깐만 기다려요, 십오 분이면 돼요."

여자의 대답을 듣지도 않고, 여학생은 가방을 들고 서둘러 뛰어나간다.

"꼼짝 말고 기다려요!"

잠시 후, 그 자리로 돌아온 여학생의 손에는 쇼팽의 레코드가 들려 있다. 듣지는 못해도, 그냥 갖고 있어. 오래된 레코드는 그럴 만한 가치가 있거든, 하고 남자는 말했다. 하지만 이건 내가 간직할 물건이 아니야, 여학생은 생각했지만, 그것을 전해줄 사람은 이미 떠나버렸다. 여자는 기다리지 않았다. 여학생은 두리번거리며, 그녀의 흔적을 찾는다. 그러나 두 사람이 앉아 있던 자리에는 아무것도 남아 있지 않다.

무거운 바람은 천천히 골목을 통과하여, 깊은 가을 속으로 둔탁하게 떨어진다.

남자를 다시 만나다

발 닿는 곳마다 툭툭, 가을이 차인다. 바로 어제까지만 해도 아주 예민한 사람들만 가을의 질감을 느낄 수 있었다. 그러나 오늘은 다르다. 공기를 호흡하는 모든 사람들이, 생명을 가진 모든 존재들이 가을을 뼈저리게 실감하고 있다. 지난달의 연장선에 놓인 가을이 아니다. 여학생이 남자를 만난 이후, 또 여학생이 남자의 연인이었던 여자를 만난 이후, 계절은 몇 번이나 바뀌었다. 가을, 겨울, 봄이 지나고 또다시 가을이 된 것이다. 모든 것이 변했다. 어떤 것은 알아볼 수도 없을 만큼 많이 변했고, 또 다른 것은 시간의 흐름에 맞춰 적당히 변했고, 또 몇몇은 눈치챌 수도 없을 만큼 미세하게 변했다. 그리고 이 거리, 그러니까 한때 레코드 가게와 쇼팽의 녹턴이 흘러나오는 낡은 스피커가 있었던 이 거리는 조금 쓸쓸해졌다.

그건 작년 가을의 일이었다. 여학생은 가게 앞에 놓인 의자에 앉아 온종일 쇼팽을 들으며 책을 읽던 남자를 만났고 곧 헤어졌다. 문 닫힌 가게 앞을 서성이던 한 여자를 만났고 그녀의 눈물을 보았다. 여학생이 남자에게 받은 쇼팽의 레코드를 가지러 간 사이, 여자는 그 자리를 떠났다. 그 가을, 남자가 사라지고 여자가 사라지고 여학생은 남았다. 쇼팽의 레코드와 함께. 그 가을, 여학생은 몇 번이나 가게 앞을 서성거렸다. 남자의 아주 작은 흔적이라도 발견할 수 있을까, 하고. 그게 아니라면, 그 여자라도 다시 만날 수는 없을까, 하고. 여학생에게 있어 여자는 남자의 중요한 흔적이었으니까.

하지만 세 사람의 운명이 다시 한 번 얽히게 되리라는 어떤 징조도 없이 그 가을은 조용히 끝났다. 영원히 계속될 것 같던 기다림도 이렇게 끝나는 걸까, 생각하며 여학생은 다음 해 봄, 흰 눈이 펄펄 내리는 삼월에 졸업을 했다. 모든 것이 '끝'처럼 보였다. 열아홉 살의 짧은 가을, 짧은 기억일 뿐이야, 여학생은 자신에게 그렇게 다짐을 놓으며 쇼팽의 레코드를 침대 아래 깊숙이 집어넣었다.

조용한 음악이 흐르는 가을 오후의 카페다. 나무 탁자 위에 커다란 컵이 놓여 있고, 부드러운 커피 향기가 공기 중으로 천천히 번져간다. 남자는 한 손으로 컵을 쥐고, 다른 한 손으로 책장을 넘기며, 가끔 시계를 들여다보고 있다.

그로부터 꼭 일 년이 지났다. 어쩌면 남자는 여학생의 일방적인 약속—일 년 후에 이 자리에서 다시 만나자는—을 기억하고 지금 이곳에 앉아 있는 것인지도 모른다. 잠시 후, 타박타박 발소리가 들리고 누군가 남자 앞에서 걸음을 멈춘다. 그는 발자국의 주인공을 올려다보고 환한 미소를 짓는다.

"어서 와."

남자가 반갑게 그녀를 맞는다.

"기다렸어?"

여자는 테이블 위에 놓인 컵에 손바닥을 대어본다.

"식었네."

"두 잔째야."

"그렇게 빨리 왔어?"

여자는 남자의 맞은편에 앉는다.

"딱히 기다린 건 아니고, 날씨가 좋아서."

여자는 남자를 가만히 바라보다가 따뜻한 미소를 짓는다.

"여전하네."

"너도 여전하다. 변한 게 없네. 사 년 만인데."

남자가 대답한다.

"커피 한 잔 더 할래?"

여자가 묻는다.

"좋지."

남자는 손을 들어 주인을 부른다. 지금 이곳에서 남자를 만나고 있는 사람은, 지난 가을, 문 닫힌 레코드 가게 앞에서 서성이다 여학생을 만났던, 여학생에게 손수건을 빌려 눈물을 닦았던, 여학생이 쇼팽의 레코드를 가지러 간 사이에 자리를 떠나버렸던 그 여자다. 두 사람은 서로를 찬찬히 바라본다. 그들에게는 한때 공유했던 추억이 있다. 세월은 그 추억에서 아픔과 상처를 덜어내고 따뜻함만 남겨두었다. 그것이 두 사람에게 미소를 짓게 만든다.

"일 년 전까지 했다며? 레코드 가게."

주인이 뜨거운 커피 두 잔을 테이블 위에 놓고 간 후, 여자가 먼저 말문을 연다.

"그다음에는 뭐 하고 살았어?"

"그냥 이것저것."

남자는 컵에서 올라오는 아른아른한 연기에 흐릿한 초점을 맞추고 있다.

"서른 살이나 먹고, 다시 백수가 됐네."

여자가 웃는다.

"원래 능력 없는 놈이잖아."

남자도 웃는다.

“뭔가 할 마음이 없었던 거지. 돈이나 일에도 욕심이 없고, 명예나 출세 같은 것에도 관심 없고. 마음만 먹으면 뭐든 할 수 있으면서.”

여자의 말에 남자는 고개를 갸웃거린다.

“그럴까?”

“그래.”

여자가 대답한다.

“뭐든 할 수 있을까? 너무 늦은 거 아닌가?”

자신 없는 목소리로, 남자가 혼잣말처럼 중얼거린다.

“왜, 뭐든 할 마음이 들었어?”

여자의 질문에, 남자는 입을 다문다.

“신기하네. 책임지고 싶은 사람이라도 생긴 거야?”

남자의 얼굴에 잠깐 미소가 떠올랐다가 사라진다. 여자는 고개를 돌려 길 건너편으로 시선을 준다. 레코드 가게가 있었던, 한동안 셔터가 내려져 있었던 그곳은 다른 가게로 바뀌었다.

“나, 작년 가을에, 여기 왔었어.”

여자가 조심스럽게 고백한다.

“그래?”

남자는 담담하게 대답한다. 그리고 심호흡을 하며, 가을의 공기를 깊이 들이마신다.

"한 달 전에 문 닫았다더라. 모처럼 마음먹고 왔더니."

"미안."

남자는 쑥스러운 미소를 짓는다.

"아냐, 내가 너무 늦게 온 거지. 삼 년이나 기다려줄 줄은 몰랐어."

여자의 목소리가 낮아진다.

"어쩌다 보니."

남자는 그렇게만 말한다.

"정말 날 기다리긴 한 거야?"

여자는 조금 간절한 기분이 된다.

"정말 다시 만나고 싶었다면 뭔가 다른 방법을 찾았겠지. 소식은 간간이 들었으니까."

"역시."

여자가 고개를 끄덕인다.

"너도 들었지? 내 소식."

남자가 확인한다.

"응."

"그럴 마음이 있었다면…."

남자는 말끝을 흐린다.

"훨씬 전에 왔을 거야."

여자가 그 말을 받는다.

"어쩔 수 없는 거였구나."

남자는 허탈하게 웃는다.

"그 사람하고는 헤어졌다며?"

불편한 침묵이 지난 후, 남자가 묻는다.

"응."

여자는 간략하게 대답한다.

"잘 설명하지 그랬어."

남자의 말에, 너야말로, 하고 여자가 말한다.

"…별일 없었잖아, 우리."

남자가 애써 변명을 한다.

"그게 더 화가 나나 봐."

여자의 말에, …알 것 같아, 하고 남자는 인정한다.

"잡지 그랬어."

무심코, 갑자기, 툭, 하고 여자가 말을 던진다.

"누굴? 너를? 아니면…."

여자는 잠시 생각하다가, 누구든지, 하고 대답한다.

"알잖아, 원래 그런 성격도 아니고, 그럴 형편도 아니고…."

남자는 고개를 젓는다.

"그러다가 평생 혼자 살 거야."

여자가 웃는다.

"잡아주길 원했어?"

남자는 용기를 내어 묻는다.

"그래. 못 이기는 척하고 억지로 넘어갈까, 싶었지."

여자가 말한다.

"네 성격에 잘도 그러겠다. 평생 죄책감으로 괴로워할 거면서."

남자의 말에, 여자는 고개를 끄덕이며 웃는다.

"너무 똑같아서 문제야, 우린. 너도 마찬가지잖아."

"그래."

남자는 대답한다. 가을처럼 깊은 침묵이 두 사람 사이를 관통한다.

"지금이라도, 잡고 싶은 생각, 없어?"

여자는 남자 쪽을 향해 몸을 기울이며, 조용히 묻는다.

여기서 기다릴게요. 내년, 오늘. 난, 안 잊어버릴 거니까, 잘 기억해뒀다가 와요, 라고 얘기했던 일 년 전의 그 여학생은 지금 어디에 있을까? 물론 그녀는 그 약속을 잊지 않았다. 교복을 벗고 하늘하늘한 스커트를 입고 긴 머리카락을 풀어 헤친, 그러나 어딘지 조금 어색해 보이는 여학생, 아니 이제 학생이라 부를 수 없는 그녀는 지금, 레코드 가게가 있던 바로 그 자리에 서 있다. 고개를 한쪽으로 갸우뚱한 채로, 새로 생긴 가게를 열심히 들여다보는 중이다. 그녀는 그 자리에 잠시 그대로 두고, 다시 남자와 여자에게로 돌아가보자.

"됐어, 마음에도 없는 소리, 하지 마."

남자는 말한다. 그리고 두 사람은 갑자기 웃음을 터뜨린다. 그들의 웃음소리는 건너편 길가에 서 있는 '스무 살'의 주목을 끈다. 스무 살이 돌아보고, 남자가 천천히 그쪽으로 고개를 돌린다. 두 사람의 시선이 마주친다. 남자의 얼굴에 약간의 당혹함과 어색한 기쁨이 떠오른다. 남자의 시선을 따라 여자도 시선을 돌린다.

"아는 애지?"

여자가 다정하게, 남자에게 묻는다.

"응?"

남자는 다른 생각에 빠져 여자의 말을 놓친다.

"아… 뭐라고 그랬어?"

"나도 저 애, 알아. 일 년 전에 여기 왔을 때, 만났어."

여자는 은밀한 비밀을 말하듯, 소리를 낮춰 속삭인다. 그리고 스무 살을 향해 씩씩하게 손을 흔든다. 스무 살은 그제야 남자 앞에 앉아 있는 여자를 발견하고 몹시 당황한다. 그러고 어디론가 뛰어가, 두 사람의 시야에서 사라져버린다.

"왜 저러지?"

여자가 말한다.

"만났어? 저 애를?"

남자는 스무 살이 사라진 곳에서 시선을 떼지 못한 채, 여자에게 묻는다.

"응. 너 찾으러 여기 왔다가."

"그래서?"

"혹시, 저 애야? 책임지고 싶은 애가."

여자의 말에 대답은 않고, 남자는 혼잣말처럼 중얼거린다.

"정말 기억하고 있었네."

"뭐?"

여자의 두 눈이 호기심으로 빛난다.

"가게에 가끔 왔었어, 저 애."

남자는 조심스럽게 추억을 떠올린다.

"손님이었어?"

"손님이라기보다…."

"그런데?"

"가게를 닫는다고 했더니, 일 년 후에 다시 만나자고…."

"뭐야, 여고생을 꼬인 거야?"

"졸업은 제대로 한 모양이네."

"일 년 후가 오늘?"

"아마."

"우리 약속, 오늘로 잡은 거, 일부러 그런 거야?"

"그건 아니야. 어젠지 내일인지 분명치도 않았고…."

"그럼, 어제도 여기 왔었어?"

여자의 말에, 남자는 대답을 하지 못한다.

"그런데 왜 이러고 멍하니 있어? 따라갔어야지."

여자가 재촉한다.

"멀리 가진 않았을 거야."

"어떻게 알아?"

"솔직한 애거든."

"부럽다."

여자는 가벼운 한숨을 쉬고, 미소를 지으며 일어난다.

"난 갈 테니까, 빨리 따라가."

남자도 자리에서 일어난다.

"결혼… 축하해. 예식장엔 안 간다."

"그래."

"행복하지?"

"응."

두 사람은 마주 서서, 조용하고 따뜻한 미소를 주고받는다. 두 사람의 아픔, 기억, 즐거움, 애틋함, 그 모든 것이 부드러운 매듭으로 묶여 시간의 저편으로 던져진다.

카페에서 그리 멀지 않은 곳에 있는, 어느 골목이다. 이제 막 스무 살이 된 그녀는, 골목 안에 몸을 숨기고 훌쩍훌쩍 울고 있다. 처음 해본 화장이 그녀의 눈가와 뺨 위로 조금씩 번진다.

잠시 후, 그녀는 뭔가 결심한 표정으로 입술을 앙 다물고 핸드백을 열어 손수건과 콤팩트를 꺼낸다. 작은 거울을 들여다보며 애써 미소를 지어 보인다. 최소한 불쌍하지는 않게 보여야 해, 하고 그녀는 생각한다. 심호흡을 하고, 콤팩트로 뺨의 눈물 자국을 지운 후, 그녀는 또박또박 골목길을 걸어나온다. 바람이 그녀의 스커트를 날린다. 손으로 팔랑이는 자락을 누르며, 그녀는 천천히 카페를 향해 고개를 돌린다. 그러나 두 사람이 앉아 있던 자리는 텅 비어 있다. 그녀의 얼굴에 실망이 가득 번진다. 이제 어떻게 하나. 그는 가버렸다. 그녀와 함께.

축 처진 발걸음은 그녀를 그 가게 앞으로, 한때 레코드 가게와 낡은 스피커와 의자와 남자가 있던 그곳으로 데려간다. 그리고 갑자기 그녀는 발견한다. 지금은 다른 가게로 바뀐 그 자리, 길가에 서서 책을 읽고 있는 남자를. 그녀의 입술에서는 아무 소리도 새어나오지 않는다. 숨이 멎은 거라고, 그녀는 생각한다. 남자는 고개를 들고, 그녀를 향해 미소를 짓는다. 깊은 가을처럼 서늘한 미소다.

"오늘이었구나."

남자는 입을 연다.

"기억이 정확하지가 않아서."

"진짜로 기억하고 있었어요?"

놀란 그녀의 눈이 동그래진다.

"좀 헛갈렸지만."

"하지만… 아저씨는 그 언니랑…."

"약속이 겹쳤어."

"그 언니는…?"

그녀는 두리번거리지만, 여자의 모습은 보이지 않는다.

"갔어."

"왜요?"

"너, 졸업은 제대로 한 거야?"

"그럼요. 얼마나 열심히…."

대답을 하다가, 그녀는 다시 당황한다.

"아니, 저기… 근데…."

"이제부터 뭘 할까?"

남자는 책을 덮는다.

"네?"

"데이트, 아니었어?"

남자의 말에, 그녀는 생각한다. 난 어쩌면 심장마비로 곧 죽을지도 몰라.

한때 레코드 가게가 있었고 쇼팽의 녹턴이 흘러나오는 낡은 스피커가 있던 이 거리는 더 이상 쓸쓸하지 않다. 발끝에 차이는 가을은 둔탁한 소리를 내며 이리저리 거리를 흘러다닌다. 남자가 성큼성큼 몇 걸음을 걸어갈 때까지, 그녀는 그 자리에 꼼짝도 못하고 그대로 서 있다. 서너 걸음 앞에서 남자가 뒤를 돌아보고, 그녀를 향해 손짓을 한다. 그녀는 고장 난 인형처럼 서투르게, 남자를 향해 걷기 시작한다. 익숙하지 않은 구두가 그녀를 자꾸 휘청거리게 한다. 남자는 웃으며, 그녀가 가까이 오기를 기다린다.

가을 속에서 두 사람이 걸어가고 있다. 그들의 아름다운 뒷모습 주위로, 푸른 공기가 가득 고인다. 몇 번이나 망설이다, 그녀는 남자의 팔을 살짝 잡는다. 누구도 불행해질 수 없는, 벅찬 가을이다.

그 정도만 사랑했다는 거예요.

결국.

꽃 피우는 아이

기차역에는 아이

나는 열두 살이다. 어릴 때부터 인생 이상하게 꼬여서 이런 곳까지 흘러왔다. 보시면 알겠지만 여기는 기차역이다. 그것도 뭐 하나 제대로 된 시설이라고는 없는, 보잘것없는 간이역이다. 십이 년 동안 살았어도, 대한민국에 이런 기차역이 있다는 소리는 들어본 적이 없다. 낡고 빛바랜 역사는 언젠가 텔레비전에서 본 수백 년 전 건물처럼 생겼다.

나름대로 운치 있어서 좋지 않느냐고 말하는, 저기 창구 안에서 꾸벅꾸벅 졸고 있는 인간은 내 삼촌이다. 말이 좋아 역장이지, 온종일 오가는 사람 모두 합해서 스무 명도 될까 말까한, 대부분의 기차가 본 듯 만 듯 휭, 하고 스쳐 지나가버리는 이 역에서 젊은 시절 한심하게 보내고 있다. 정말이지 십이 년 동안,

저렇게 속 편하게 사는 인간은 본 적이 없다.

솔직히 말하면, 나는 세상에서 가장 불행한 열두 살이다. 태어날 때부터 아빠는 없었고 엄마는 얼마 전에 죽어버렸다. 그다음에 몇 번 만난 적도 없는 삼촌이란 인간한테 끌려와 이곳에서 살게 되었다.

아빠의 동생이라고는 하지만, 나에게는 이웃집 아저씨보다 낯선 사람이다. 삼촌뿐 아니라 엄마의 장례식에 나타난 일가친척들이 모두 그랬다. 수다 떨기 좋아하는 아줌마들이 쑥덕거리는 소리를 듣자니, 우리 아빠랑 엄마는 아빠의 아빠와 엄마, 그리고 엄마의 아빠와 엄마가 죽어라 말리는 결혼을 한 모양이었다. 그 사실을 좀 일찍 알았다면, 엄마 말 안 듣고 멋대로 군다고 혼날 때마다 나도 할 말이 있었을 텐데.

여하튼 내가 태어나기 전까지 아빠랑 엄마는 '가난하지만 행복하게' 살았던 것 같은데, 아빠가 사라지고 내가 태어난 이후부터는 '조금 더 가난하고 조금 덜 행복하게' 된 것 같다. 어느 아줌마는 내가 듣고 있는 줄도 모르고, "그 좋은 자리 다 물리고 그렇게 고집을 부리더니, 애가 덜컥 생겨서 고생만 하다가…" 하면서 혀를 끌끌 찼다. 내가 태어나겠다고 악을 쓴 것도 아닌데, 어쩐지 억울한 기분이 든다.

장례식에 온 친척들 중에서 왜 하필이면 나이도 어린 삼촌이 나를 맡겠다고 나섰는지 모르겠다. 내가 상상력이 좀 풍부한 아이였다면, '삼촌은 옛날부터 우리 엄마를 좋아했다, 진짜 우리 아빠는 삼촌이다'라고 생각했을지도 모른다. 나야 진짜 아빠를 만난 적도 없으니까 뭐 아주 비약적인 상상은 아니다. 하지만 삼촌은 스물넷이고 난 열둘이니까… 계산이 안 맞는 것 같다.

이 역에서 잠깐 멈췄다 가는 기차는 하루에 네 대밖에 없다. 전에는 더 자주 서고, 타고 내리는 사람들도 꽤 많았다고 하는데, 통일호가 없어지면서 이렇게 되었단다. 이제는 대부분의 사람들이 기차 대신 버스를 타고 다른 곳으로 간다. 나쁠 건 없다. 난 원래 조용한 곳을 좋아하니까.

읍내에 있는 학교에서 돌아오면, 온종일 여기서 논다. 삼촌은 친구를 사귀라고 하지만, 이 동네 애들은 죄다 바보 같다. 그리고 애들은 정말 시끄럽다.

내가 대합실이나 기찻길 옆에서 놀고 있는 동안, 삼촌은 손바닥만 한 사무실 안에서 꾸벅꾸벅 졸다가, 기차가 들어올 때쯤 눈을 반쯤 뜨고 사람들에게 표를 판다. 팡팡 남아도는 시간에 책이라도 읽으면 좋으련만, 화장실 갈 때 들고 가는 스포츠신문 말고는 아무것도 안 읽는다. 나보다 열두 살이나 많으면 인생의 모범이 되어야 할 텐데, 뭐 하나 존경할 만한 구석이 없다. 내가 왜 저런 인간과 같이 살겠다고 여기까지 따라왔는지 모르겠다.

사실 이유는 있다. 엄마 장례식 때 모인 친척들이 나더러 엄마 없는 아이라고 수군거렸을 때, 구석에서 조용히 밥을 먹고 있던 삼촌이 갑자기 벌떡 일어나서 막 화를 냈다. 나도 놀랐지만, 친척들도 깜짝 놀라서 다들 말문이 막혔다. 한바탕 화를 내고 난 삼촌은 나와 눈이 마주치자 머리를 긁적이며 바보처럼 웃더니, 내게 다가와 말했다. 우리 엄마는 예전에도 있었고 지금도 있고 앞으로도 영원히 있는 거라고. 그래서 이 인간, 꽤 쓸 만한 소리를 하는 사람이구나, 생각했다.

요즘 삼촌은 어떤 여자한테 빠져 있다. 그 여자는 매일 오후 다섯 시에 이곳에 와서, 다섯 시 십오 분에 도착하는 기차를 탄다. 저기, 지금 역사의 문을 열고 들어오는 여자가 바로 그 여자다. 그런데 삼촌은 아직도 꾸벅꾸벅 졸고 앉아 있다. 나 참, 가서 정강이라도 한 대 걷어차줘야겠다.

마 음 속에는 소년

기차가 곧 도착할 것이다. 오후 다섯 시 십오 분에 도착해서 십칠 분에 떠나는 기차다. 굳이 시계를 볼 필요도 없다. 기찻길 옆에 서 있으면 발바닥 끝에서 미세한 진동이 느껴지고, 긴 기적 소리가 들리고, 산모퉁이를 돌아 들어오는 기차의 모습이 보인다. 나는 기차가 나타나기 직전, 톡톡 솟아오르는 조그마한 징조들이 좋다. 그럴 때면 두 발을 땅에 바싹 붙이고, 눈을 꼭 감고, 지구의 중심으로부터 내가 있는 곳을 향해 힘차게 달려오는 기차를 상상한다. 물론 기차가 지구의 중심 같은 데서 출발하지 않는다는 건 나도 알고 있다. 그래도 그렇게 상상하는 것이 훨씬 멋지다.

기차가 지나가고 나면 멋진 전리품도 얻을 수 있다. 기차가 도착하기 전 철로 위에 놓아둔 동전이다. 별거 아닌 것 같지만 제법 까다로운 일이다. 아무렇게나 올려놓아도 납작해지긴 하지만, 정말 예쁜 타원형을 만들려면 나름대로 요령이 필요하다. 나도 동전 수십 개 바쳐가면서 얻은 요령이라 가르쳐주긴 곤란하지만. 어쨌든 오늘은 운이 좋다.

"잘 됐냐?"

어느새 다가온 건지, 내 어깨 너머로 동전을 살펴보며 삼촌은 능글맞게 웃고 있다.

"그럭저럭."

나는 아무것도 아니라는 듯 어깨를 으쓱하는데, 삼촌은 내 손바닥을 펴고 동전을 빼앗아가서는 신기한 듯 들여다본다. 뭐 그리 대단한 게 있다고 연신 감탄사를 내뱉으면서, 혼자 신이 났다.

"그 여자, 갔어?"

나는 슬쩍 삼촌의 옆구리를 찔러본다.

"응? 누구?"

동전에서 눈을 떼지 않은 채, 삼촌은 건성으로 대답한다.

"요새 눈독 들이고 있는 여자."

내 말에, 삼촌은 "눈독이라니!" 하고 화들짝 놀라다가 금세 목소리를 깔고는 "근데 너 어떻게 알았냐?", 묻는다.

"왜 몰라? 군침을 줄줄 흘리고 있는데."

나는 한쪽 발을 건들거리며 다 안다는 표정을 지어 보인다.

"군침을 줄줄? 쪼끄만 게 어디서 그런 소릴 배웠어?"

삼촌의 목소리가 다시 커진다.

"이 동네 애들 다 그렇게 말해."

사실은 텔레비전에서 배웠지만, 은근히 동네 애들 탓으로 돌려본다.

"이 동네 애들?"

삼촌의 목소리가 또 한 번 변한다.

"이 동네 애들이라고? 오오, 드디어 동네 애들한테 관심이 생겼구나. 기특한 것."

어이가 없다.

"혼을 내든 칭찬을 하든 둘 중 하나만 해."

내 말에도, "흠흠, 귀여운 것, 다음에 친구들 데려와라, 이 삼촌이 맛있는 거 사줄게", 딴소리를 한다.

"됐어, 신경 끄셔."

"안 돼, 안 돼. 친구 생겨도 그런 말은 배우면 안 돼."

고개를 휘휘 내젓는 삼촌에게, "커피라도 한잔 하자고 하지 그랬어?" 하고 떠본다.

"뭐? 왜?"

바보처럼 눈이 동그래지는 삼촌이 한심하지만, 나는 인내심을 갖고 찬찬히 일러준다.

"기차 시간보다 일찍 왔잖아. 말이라도 좀 섞어보고 싶다는 거 아니겠어?"

"음, 그런 건가?"

삼촌은 잠시 심각한 얼굴로 생각하다가 "으흐흐흐, 설마", 쑥스럽게 웃는다.

"내일도 일찍 오면 잠깐 들어오라고 해보지 그래."

"에이, 창피해서…."

머리를 긁적거리는 삼촌에게, "나이가 몇 살인데 여자한테 그런 소리도 못해?", 나무란다. 어른을 나무라는 일은 꽤 재미있다. 내가 이런 소릴 할 수 있는 어른은 삼촌밖에 없지만.

"너, 아직 뭘 잘 모르는 모양인데, 진짜 좋아하는 여자 앞에서는 말이 안 나오는 거야."

"뭐야, 그게."

삼촌은 먼 산을 바라보더니, "소년이 되는 거지, 소년" 하고 고개를 끄덕인다. 자기가 한 말이 꽤나 만족스러운가 보다.

"그게 뭐냐고."

무슨 뚱딴지같은 소린가 하고 나는 되묻는다.

"남자란 말이지, 아무리 나이가 들어도 마음속에 소년을 감추고 있는 거야. 누군가, 그러니까 소녀가 찾아와서 똑똑, 두드리면 그 소년이 잠에서 탁, 깨어나는 거지."

도대체 무슨 생각을 하고 사는 인간인지, 물어보지 않을 수가 없다.

"삼촌, 어린애들 좋아해?"

"뭐?"

화들짝 놀라는 삼촌에게 "소녀가 찾아온다며?", 자기가 한 소리를 다시 들려준다.

"에비, 에비. 어디 가서 그런 소리 하지 마라. 사람들 이상하게 생각한다."

삼촌은 손을 휘휘 내젓는다.

"내 말은 뭐냐면, 그 여자 속에 있는 소녀가 내 속에 있는 소년을 보고 눈을 뜬다는 거지. 사랑의 시작이야!"

나는 잠깐 생각해본다.

"그럼 딴 때는 뭐하고 있는데?"

"누가?"

"소년과 소녀."

삼촌은 눈을 가늘게 뜨고 비밀을 말하듯 조심스럽게 입을 연다.

"기다리고 있지."

"뭘?"

"인생의 봄날을."

삼촌의 시선이 닿는 곳에, 푸른 봄빛들이 울렁인다.

추 억 속 에 는 비 밀

삼촌과 나는 기찻길 앞에 나란히 앉아 있다.

"무슨 생각 하냐?"

오 분 이상의 침묵은 참지 못하는 게 삼촌이다.

"뭐, 여러 가지."

"뭔데? 말해봐."

호기심으로 눈을 반짝거리면서 삼촌이 재촉한다.

"관둘래."

머릿속에 여러 가지 생각들이 떠올랐다가 사라진다.

"비밀이야?"

삼촌은 휘파람을 휙 분다.

"비밀은 무슨."

"암, 그 나이 때는 비밀이 많은 법이지."

또 혼자 결론을 내리고 있다.

"사람 말을 뭘로 듣는 거야? 비밀 아니라니까."

비밀은 아니지만, 얘기하기는 좀 그런 거다. '이 인간과 나란히 앉아 있는 것도 그럭저럭 괜찮네, 인생 꼬인 거치고는', 생각하고 있었으니까. 내 말을 들은 건지 만 건지 "나도 너 나이 때

비밀이 무진장…" 하다가 삼촌은 기찻길 건너편을 바라본다.

"저 근천가? 형이랑 비밀기지도 만들었는데."

형. 형이라… 나는 잠깐 계산을 해본다.

"우리 아빠?"

"그렇지. 너네 아빠지."

"같이 많이 놀았어?"

별로 부럽다는 생각은 안 들지만, 썩 좋은 기분은 아니다.

"그럼. 매일매일 놀았지. 사고도 엄청 치고."

남의 기분은 아랑곳하지 않고 삼촌은 열을 올린다.

"또?"

"음. 형은, 그러니까 너네 아빠는 잘하는 게 무지 많았어. 뭐든지 나보다 잘했거든."

"형이니까 그렇겠지 뭐."

나는 약간 억울해지려는 기분을 누르면서 시큰둥하게 대답한다.

"그런 것도 있지. 나랑 나이 차이가 많이 났으니까. 그래도 동전 납작하게 만드는 거, 그거 진짜 잘했어. 난 지금도 그게 그렇게 안 되더라."

잘한다고 예를 드는 게 기껏 그런 거라니.

"삼촌이 멍청한 거야."

"아니지."

삼촌은 세차게 고개를 흔든다.

"그것도 기술이 필요한 거라고. 그것부터 시작해서 나무 오르기, 달리기, 담 뛰어넘기, 못하는 게 없었어."

흠. 그런 사람이 우리 아빠란다. 엄마는 한 번도 그런 이야기를 해준 적이 없었는데. 하긴, 아빠의 어린 시절이니까, 엄마는 모를 수도 있다.

"근데 딱 하나 못하는 게 있었어."

삼촌은 잠시 생각하다가 그렇게 덧붙인다.

"뭔데?"

"꽃밭 가꾸기."

"꽃밭?"

"저쪽 언덕 위에 꽃밭을 만들었거든. 얼기설기 울타리 치고 꽃씨 좀 뿌린 게 다지만. 열심히 물도 주고 했는데, 항상 실패했어."

그랬군. 그럼 그렇지. 어쩐지 맥이 풀리고 기분이 조금 더 나빠진다.

"뭐든 키우는 건 꽝이었군."

나의 혼잣말에, 삼촌은 "뭐?" 하고 묻는다. 나는 삼촌의 질문을 무시하고 "그래서 포기했어?", 되묻는다.

"뭐 나중엔 둘 다 잊어버렸지."

"그랬겠지."

속으로 한 생각이 입 밖으로 나온다. 심상치 않은 낌새를 느꼈는지, 삼촌도 잠시 입을 다문다. 하지만 오 분이 지나기 전에 "근데 말이야, 이건 비밀인데", 다시 말을 꺼낸다.

"뭔데?"

"형이… 너네 아빠가 나중에 나한테만 얘기해준 게 있거든."

삼촌의 얼굴이 조금 상기된다.

"뭐냐고."

"꽃밭은 실패했지만 꽃은 피웠대."

무슨 이야긴지 알아들을 수가 없다.

"그때가 아마 너네 엄마를 만났을 때였지. 아까 내가 한 얘기, 사실은 너네 아빠가 해준 말이야."

나는 아까 삼촌이 한 이야기를 되새겨본다.

"무슨 얘기? 소년이 어쩌고 하는 거?"

그럴 듯한 이야기라면 그거 하나니까.

"응. 마음속의 소년이 드디어 눈을 떴다며 엄청 좋아했어."

앞뒤 연결 안 되는 소리지만, 똑똑한 내가 알아들으면 된다.

"그래서? 꽃은 어디 있는데?"

중요한 건 그거다.

"여기 있잖아."

아무 소리 못할 줄 알았는데, 의외로 삼촌은 자신 있게 대답한다.

"어디?"

"내 눈앞에."

삼촌은 내 얼굴을 빤히 바라본다.

땅 속에는 꽃씨

뭐 하나 제대로 된 시설이라고는 없는, 하루에 기차가 딱 네 번 서는 보잘것없는 간이역에서 나는 온종일 논다. 표를 팔고 있는 창구 안쪽 사무실에서, 여자와 열심히 노닥거리고 있는 사람은 내 삼촌이다. 뭐가 그렇게 재미있는지, 깔깔거리는 웃음소리가 여기까지 들린다. 보나마나 어디서 주워들은 썰렁한 농담을 풀어놓고 있을 것이다. 삼촌과 같이 있는 여자는 매일 같은 시간에 기차를 타러오는, 그러니까 내가 삼촌에게 잘해보라고 충고해준 여자다. 좋아하는 여자 앞에서는 말이 안 나온다더니, 순전히 뻥이었다. 여자는 어제보다 더 일찍 왔다. 기차가 오려면 아직 삼십 분이나 남았는데 말이다. 좀 촌스럽긴 하지만 착하게는 생겼다. 뭐, 아무래도 상관없다. 삼촌 인생에 봄날이 온다면.

내가 태어나기 전에 죽어버린 아빠에 대해, 나는 그다지 아는 게 없다. 엄마랑 나 때문에 일을 너무 많이 해서 병에 걸린 거라고 말하는 어른들도 있었다. 그때도 삼촌은 그 사람들에게 화를 냈다. 엄마가 죽기 전까지 삼촌이 나를 본 건 겨우 두 번이라고 한다. 하지만 아빠한테 이야기를 많이 들어서, 내가 자기 아들 같다고 했다. 겨우 스물네 살인 주제에.

만약에 삼촌이 해준 말이 진짜라면, 난 소년 같은 아빠와 소녀 같은 엄마가 만나서 태어나게 된 아이다. 두 사람의 인생의 봄날에 짠, 하고 등장한 것이다. 삼촌 말이 맞을지도 모른다. 난 아빠, 엄마가 없는 아이가 아니라, 영원히 철없는 아빠, 엄마를 가진 아이인 것이다. 그러니까 어쩌면 세상에서 가장 불행한 열두 살은 아닐 것이다.

나는 삼촌이 가르쳐준, 아빠와 삼촌의 비밀기지가 있었다는 곳을 파헤쳐본다. 겨우내 꽁꽁 얼어붙었던 흙이 어느새 부슬부슬한 습기를 머금었다. 비밀기지 옆에는 얼기설기 나뭇가지로 엮어놓은 어설픈 울타리가 있다. 한때 꽃밭이 있던 자리처럼 보인다. 나는 땅속에서 꽃씨 몇 개를 찾아낸다. 아주 오래된 것 같긴 하지만, 혹시 모르니까 다시 심어봐야겠다. 내가 아빠를 닮았다면, 꽃 피우는 재주가 있을지도 모르니까.

대합실 문이 열리고, 삼촌과 여자가 함께 걸어나오고 있다. 발바닥 끝에 미세한 진동이 느껴지고, 멀리서 기적 소리가 울린다. 나는 삼촌을 향해 손을 흔들며 활짝 웃어준다. 좋아, 나는 삼촌에게 보너스를 주기로 결심하고, "아빠!", 목청을 높여 소리를 지른다. 너무 놀란 나머지 삼촌은 넘어질 뻔하고, 옆에 있던 여자는 울어야 할지 웃어야 할지 모르는 표정으로 나와 삼촌을 번갈아 본다. 나는 주머니에서 동전을 꺼내들고, 기찻길을 향해 잽싸게 뛰어간다. 오늘은 왠지 세상에서 가장 멋진 타원형의 동전을 얻을 수 있을 것 같다는 예감이 든다.

한밤의 티파티

사랑에 막 빠진 사람들 중 92.7퍼센트가 처음으로 하는 생각이 '앗, 젠장'이라는 것은 널리 알려진 사실이다. 이 생각 속에는 대체로 이런 의미가 포함되어 있다. '앗, 젠장, 또다시 사랑에 빠져버리다니. 이게 어떻게 된 일이야', '앗, 젠장, 지금까지 잘해왔다고 생각했는데 잠깐 방심한 사이에 모두 물거품이 되어버렸군', '앗, 젠장, 이제부터 그 모든 지겹고 끔찍한 일들을 시작해야 하는 건가? 도망치기에는 너무 늦은 건가?', '앗, 젠장, 나의 평화로운 시간들은 모조리 끝장난 건가? 지루하고 느긋한 휴일과 누구에게도 방해받지 않고 시작하는 아침, 아무런 번민도 없이 잠들었던 그 밤들은 다시 오지 않는 건가?'.

너무 많은 사랑을 해본 사람도, 태어나 처음으로 사랑이라는 감정을 알게 된 사람도, 죄다 이렇게 급격한 정신적 공황 상태에 빠져, 한동안 자신과 자신의 삶을 잃어버리게 된다. 사랑이 변하는 칠백팔십칠 가지 이유, 그러나 냉정하게 살펴보면 딱 한 가지로 요약될 수 있는 이유로 인해 사랑이 끝날 때까지, 그토록 가엾은 상태로 살아가게 되는 것이다. 이것은 무지막지한 사랑을 이제 막 시작하게 된, 무한한 동정을 보내지 않을 수 없는 사람들에 대한 이야기다.

어제와 다름없는 아침이었다. 남자가 그 작은 상자를 발견하기 전까지는. 파란색 리본이 묶인 상자는 테이블 위에 놓여 있었다. 테이블은 사무실에 딸린 작은 테라스에 있고, 남자는 그곳에서 매일 아침, 한 잔의 홍차를 마신다.

그의 사무실이 있는 건물은 빛이 잘 드는 커다란 통유리와 투박하고 단단한 벽돌로 만들어졌다. 그 작은 테라스만 제외하면 그 동네에 있는 다른 건물들과 별로 다를 것도 없다. 그러나 바로 그 테라스 때문에, 남자는 다른 사무실들에 비해 다소 비싼 임대료를 주고 그곳에 입주했다. 그에게는 테라스가 필요했다. 매일 아침, 바람과 햇살을 곁들인 한 잔의 홍차를 마셔야 하기 때문이다.

남자는 아침 아홉 시에 집을 나와, 열 시 십 분 전에 사무실에 도착한다. 블라인드를 걷고, 의자를 반듯하게 놓고, 모든 것이 제자리에 있는지 둘러본다. 벽에 걸린 액자가 비뚤어지지 않았는지 살피며, 그림을 잠시 감상한다. 삼 년 전 그리스의 작은 도시에서 산 것으로, 테이블 위에 놓인 찻잔과 신문을 그린 정물화다.

보글보글 물이 끓어오르면, 남자는 홍차를 정성껏 우려낸다. 사무실의 문을 여는 오전 열한 시까지, 그는 테라스에서 천천히 차를 마시며 신문을 본다. 그러면서 자신의 내부에 무엇인가가 피어오르기를 기다린다. 처음엔 가늘고 옅은 향기처럼 흘러들어와 천천히 맴돌다가, 마침내 남자의 내부를 가득 채우는 무엇이다. 이를테면 오늘도 모든 것이 제대로 시작될 것이라는, 설사 비합리적이고 납득할 수 없는 일이 일어나도, 결국은 모든 것이 제대로 끝날 것이라는 확신이다. 꼭 하루분의 확신이고, 반드시 필요한 확신이다.

하지만 그날, 그 아침, 테이블 위에 놓여 있던 작은 상자를 발견한 그 순간, 막 시작되려던 제대로 된 하루가 순식간에 날아가버렸다. 그 하루뿐만이 아니었다. 나중에 알게 된 사실이지만, 그날 이후 남자는 오랫동안 하루분의 확신이라는 것을 가질 수 없었다. 아주아주 오랫동안. 어쩌면 영원히. 불행히도 그건 사랑이 시작되는 날이었기 때문이다.

테라스와 도로는 허리에도 못 미치는 낮은 울타리로 구분되어 있어서, 누구든 마음만 먹으면 안으로 들어올 수 있었다. 그러나 엄연히 소유주가 있는 건물에, 게다가 밤중에, 울타리를 훌쩍 넘을 사람이 있으리라고는 예상하지 못했다. 도둑이라면 몰라도. 하지만 훔쳐갈 것도 없는 남의 테라스에 들어왔다가 상자를 놓고 돌아가는 도둑은 없을 테니, 최소한 자신이 알고 있는 범위 안에는 없으니, 도둑은 아닐 거라고 남자는 생각했다. 누군가 장난기가 발동하여, 혹은 잠시 착각을 하여 발을 들여놓았다가, 상자를 깜박 잊어버리고 놓고 간 것일 수도 있다. 그렇다면 건망증 심한 누군가가 상자를 찾으러 올 테니 돌려주면 된다, 라고 남자는 생각했다. 이렇게 소중한 아침 시간에 이 일에 관해 너무 오래 생각할 수는 없다, 라고 남자는 생각했다. 무시하자, 라고 남자는 생각했다.

하지만 그럴 수가 없었다. 상자는 테이블 위에 놓여 있었고, 남자는 그것 때문에 신문을 펼칠 수가 없었다. 어디론가 치워놓으려고 상자에 손을 댄 남자는, 잠시 후 파란색 리본을 풀고 앙증맞은 모양의 초콜릿들을 바라보고 있었다. 그리고 그날 밤, 엄연한 소유주가 있는 그 건물의 테라스에, 또다시 누군가가 들어왔다. 침입자의 손에는 홍차가 담긴 테이크아웃용 종이컵과 쇼콜라 한 조각이 담긴 케이크 상자가 들려 있었다.

다음 날 아침, 남자는 다른 날보다 십 분쯤 일찍 사무실에 도착했다. 그리고 전날 발견한, 내용물을 전부 먹어버린, 사무실 책상 위에 놓아둔 초콜릿 상자의 처리에 관해 고민하느라 십 분 정도를 흘려보냈다. 결국 그 상자를 그대로 둔 채, 남자는 갓 끓인 홍차와 신문을 들고 테라스로 나갔다. 하지만 그날도 신문을 펼칠 수가 없었다. 테이블 위에 종이컵과 케이크 상자가 놓여 있었기 때문이다. 조심스럽게 살펴본 결과, 종이컵에는 홍차가, 케이크 상자에는 쇼콜라 조각이 아주 조금 남아 있었다. 남자는 그것들을 휴지통에 던져버리고 신문을 펼친 다음, 무엇이든 읽어보려고 노력했다. 그리고 결심했다. 오늘밤에는 범인을 밝혀내겠다고. 저녁 여덟 시에 사무실 문을 닫고, 근처에서 간단하게 저녁식사를 하고, 다시 사무실로 돌아와 불을 끄고, 테라스를 지켜본다는 것이 그의 계획이었다.

하지만 세상의 모든 일이 그렇듯, 그 계획은 제대로 이루어지지 않았다. 일이 틀어지기 시작한 것은 남자가 근처의 식당으로 들어섰을 때부터였다. 같은 동네에 사무실을 갖고 있는 친구가 거기서 혼자 밥을 먹고 있었다. 두 사람은 합석을 하게 되었고, 이런저런 이야기를 하다가 소주를 한 병 곁들였다. 남자가 계산을 하고 나니 친구가 2차를 사겠다고 했다. 두 사람은 자리를 옮겨 맥주를 마시기 시작했다. 술자리는 열두 시까지 이어졌고, 남자는 그날 아침에 한 결심을 까맣게 잊어버렸다. 그가 다시 사무실로 돌아간 것은, 집으로 가는 전철이 이미 끊어진 데다가, 아무데서나 빨리 쓰러져 잠들고 싶었기 때문이다.

극심한 갈증이 남자를 깨웠다. 물컵을 찾기 위해 머리맡을 더듬던 남자는, 그곳이 집이 아니라 사무실이라는 것을 깨달았다. 그는 침대가 아니라, 사무실 소파에 엎어져 있었다. 남자는 몸을 일으키다가, 테라스에서 어른거리는 그림자를 보았다. 그는 벌떡 일어나 테라스로 나가는 문을 벌컥 열었다. 침입자는 전혀 당황하지 않고 천천히 남자를 향해 돌아섰다. 그리고 방긋, 미소를 지었다.

누구냐고, 여긴 어떻게 들어왔느냐고, 왜 들어왔느냐고, 여기서 무얼 하고 있는 거냐고, 남자는 물었다. 여자는 아무 대답도 하지 않았다. 말 좀 해보라고, 답답해 죽겠다고, 내가 무슨 말을 하는지 알아듣고는 있느냐고, 남자는 말했다. 그래도 여자는 입을 꼭 다물고, 태연스럽게 미소만 짓고 있었다. 왜 말을 하지 않는 거지? 남자는 생각했다. 그는 그다지 풍부하지 못한 상상력의 소유자였고, 그래서 기껏 생각해낸 이유는 '혹시 말을 못하는 게 아닐까?'였다. 남자는 여자에게 잠깐 기다리라고 하고 사무실 안으로 들어갔다. 하지만 그가 종이와 펜을 가지고 다시 나왔을 때, 그곳에는 빈 종이컵만 오도카니 남아 있었다.

계획대로 되지 않는 날이 있는가 하면, 어쩌다가 계획대로 되는 날도 있는 법이다. 그다음 날은 그런 날이었다. 남자는 저녁 여덟 시에 사무실 문을 닫고 근처의 식당으로 가서 저녁을 먹었다. 다행히 아는 사람은 만나지 않았다. 저녁식사를 마친

후, 시간도 때울 겸해서 사무실 바로 앞에 있는 카페에 들렀다. 그 동네에서 유일하게 홍차를 제대로 끓이는 곳이었다. 맛있는 홍차를 마시고 사무실로 돌아온 남자는 느긋하게 소파에 앉아 책을 보면서 여자를 기다렸다. 그가 읽고 있던 책은 좀 지루했고, 그래서 남자는 좀 졸았다. 쿵, 하는 소리가 그를 깨우지 않았다면, 그대로 아침까지 잤을지도 모른다.

소리가 난 것은 열두 시 삼십 분경, 소리가 난 쪽은 테라스였다. 화들짝 놀라 벌떡 일어난 남자는 밖으로 뛰어 나갔다. 양손에 종이컵을 하나씩 들고 있던 여자가 남자를 보고 방긋, 웃었다. 그리고 컵 하나를 그에게 내밀었다.

"뭐예요, 이게?"

무심코, 남자가 물었다.

"애플티."

여자가 대답했다.

"아아, 애플티" 하다가 남자는 깜짝 놀랐다.

"말, 할 수 있어요?"

여자는 말을 할 수 있었다. 그래서 남자는 여자에 대한 몇 가지 정보를 얻게 되었다. 여자는 사무실 바로 앞에 있는, 홍차를 제대로 끓이는 카페의 파티시에라고 했다. 매일 밤 가게 문을 닫은 후, 집으로 가기 전에 이곳에 와서 홍차를 마신다고도 했다. 이곳이라니, 이곳은 엄연한 소유주가 있는 건물의 테라스인데? 남자의 말에, 여자는 이렇게 대답했다.

"전 원래 여기 살았어요. 우리 집을 허물고 이 건물을 지은 거라고요. 난 여기서 홍차를 마셔야 잠을 잘 수 있어요. 이 시간에는 아무도 없고 딱히 피해를 주는 것도 아닌데 뭐 어때요?"

말이 안 되는 소리라고 남자는 생각했지만, 뭐 어때, 사소한 것에 신경 쓰지 말자, 라는 생각도 들었다. 그런 생각을 하는 사이에 여자는 홍차를 다 마셨고, 돌아가기 위해 자리에서 일어섰다. 하지만 그녀는 그대로 돌아가지 않았다. 잠시 후 두 사람은 남자의 사무실 안에서 새로 끓인 홍차를 마시고 있었는데, 그건 막 돌아가려던 여자를, 차 한 잔 더 마시고 가라고 남자가 붙잡았기 때문이다.

그 사랑은 그렇게 시작되었다. 마음이 내키지 않으면 한 마디도 안 하는 여자, 신경 쓰이게 하려고 일부러 빈 컵과 케이크 상자를 놓고 간 여자, 전에 그곳에서 살았다는 게 정말인지 거짓말인지 끝까지 밝히지 않는 여자, 처음부터 남자가 목적이었는지 혹은 우연히 이렇게 된 것인지 따져 물을 때마다 입을 다물어버리는 여자. 그녀의 등장과 함께 남자의 평화로운 하루는, 확신으로 가득 찬 하루는 영원히 사라졌다. 이들의 이야기는 여기서 끝나지만, 한 가지 덧붙일 만한 것이 있다. 아주 긴 시간이 흐른 후, 어느 짧고 아름다운 봄날의 밤, 남자와 여자가 테라스에 마주 앉아 차를 마시며 나눈 대화다.

"좀 새삼스럽지만, 갑자기 궁금해서 그러는데, 혹시 나를 특별하게 생각하게 된 계기 같은 게 있어?"

남자가 물었다.

"어떤 손님들이 오나, 하고 가끔 주방에서 내다보거든. 홍차를 맛있게 마시는 법을 알고 있는 사람은 오랜만에 봤어."

여자가 대답했다. 겨우 그런 걸로? 남자의 생각을 읽은 듯, 여자가 웃으며 덧붙였다.

"그런 사람, 흔치 않거든. 그리고… 여기서 차를 마시고 싶었어. 이렇게 둘이서."

"그래서 초콜릿 상자를 놓고 간 거구나."

고개를 끄덕이며, 남자가 말했다.

"초콜릿 상자? 그게 뭐야?"

"놓고 갔잖아. 파란색 리본이 묶인 이만한 상자. 그 초콜릿, 맛있었는데."

"초콜릿이라니, 그런 건 몰라. 내가 놓고 간 거 아니야."

그날 밤, 남자는 끝내 버리지 못했던 초콜릿 상자를 찾기 위해 온 사무실을 뒤졌지만, 상자는 나타나지 않았다.

기쁜 우리 젊은 날

아주 오랜 시간을 함께해온 친구가 있다. 몇 가지의 작은 실패와 성공, 소박한 기쁨과 절망을 같이 겪었고, 두 달에 한 번씩 바뀌는 그들의 꿈에 대해 이야기했으며, 가끔은 싸우기도 했지만 곧 다시 만나 서로의 변함없는 모습에 안도했다. 몇 번의 풋사랑을 각자 잃았고 첫사랑의 아픔을 또한 각자 겪었으며 누군가가 다른 누구에게 실연의 상처를 하소연하기도 했다. 그러다 어느 한 쪽이(그게 어느 쪽인지는 중요하지 않다), 갑자기 다른 한쪽을 사랑하게 되었다. 세월과 함께 차곡차곡 쌓여온 마음이라고 당사자는 믿고 싶겠지만, 물론 그렇지 않다. 이유는 단 하나, 참으로 비논리적이고 비이성적이지만, 큐피드의 화살이라거나 사랑의 묘약 따위에게 기습적인 공격을 받았기 때문이다. 문제는 여기에서 시작된다.

두 사람이 하나, 둘, 셋, 하는 신호와 함께 동시에 화살에 맞거나 묘약을 마신다면 얼마나 좋겠느냐마는, 불행히도 현실은 그렇게 호락호락하지 않다. 그처럼 비논리적이고 비이성적인 일이 친구인 두 사람에게 동시에 일어날 확률이란, 약간의 오차는 있지만, 달나라에 사는 토끼들이 〈스타워즈〉와 〈반지의 제왕〉, 〈해리 포터〉 시리즈를 모조리 합한 것과 흡사한 영화를 열두 편 만들어 전 우주에 배급, 상영할 확률과 거의 흡사하다. 문제는 여기에서부터 복잡해진다. 이렇게 복잡해질 바에야 애초에 어느 한 쪽이 화살이나 묘약의 공격을 받지 않는 게 좋겠다는 생각이 들겠지만, 이미 일어나버린 일을 두고 왈가왈부하지 말자.

오래전부터 이 일에 대해 고민해온 사람들은 이 문제를 이런 질문으로 요약했다. '이성 간에 우정이 존재할 수 있는가?' 통계에 따르면, 화살과 묘약의 공격을 받은 것은 여자 쪽이 72.7퍼센트로, 압도적인 우위를 차지한다. 그리하여 그녀들은 무심하고, 어리석고, 소심하고, 약한 주제에 강한 척하고, 세상 물정은 물론이고 자신의 마음조차 파악하지 못하는 친구 때문에 엄청난 마음고생을 하게 된다. 그녀들 중 용감한 몇몇은 큐피드 또는 사랑의 묘약 제조자를 찾아가 피해 보상을 청구했다는 기록도 있다. 하지만 큐피드 또는 사랑의 묘약 제조자는 이미 멀리 달아나버린 후였다.

무심하고, 어리석고, 소심하고, 약한 주제에 강한 척하고, 세상 물정이라고는 모르는 그녀의 친구는 그때, 스물여덟 살이었다. 아무렇게나 얘기하면 나이도 먹을 만큼 먹은 것이다. 그 일이 일어나기 며칠 전, 그는 그녀에게 한 가지 부탁을 했다. 그건 그녀가 지금까지 들어주었던 오천오백오십두 가지 부탁보다 오천 배쯤 바보 같았다. 하지만 늘 그랬듯이, 그녀는 그의 청을 들어주기로 했다. 자신이 들어줄 수 있는 마지막 부탁이라고 생각했기 때문이다. 물론 눈치 없는 그는 죽었다 깨어나도 모를 테지만. 다만 그녀는 한 가지 조건을 걸었다. 날짜와 시간과 장소는 자신이 정한다는 것이었다.

그녀는 심사숙고 끝에, 그와 영원한 이별을 할 날짜와 시간과 장소를 결정했다. 바보 같은 남자는 결코 기억하지 못하겠지만, 그곳은 그와 그녀가 처음 영화를 본 후 같이 갔던 공원이었다. 봄의 기운이 어렴풋이 느껴지긴 했지만 바람은 아직 차가운 날이었고, 추워 죽겠는데 왜 이런 곳까지 온 거냐고 그때 그는 투덜거렸다. 그로부터 칠 년 후, 두 사람이 다시 그 공원을 찾았을 때도, 그는 여전히 투덜거렸다. 아직 날도 추운데 굳이 이런 곳까지 와야 하느냐고. 한심한 남자는 몰랐지만, 그날은 두 사람이 만난 지 꼭 십 년이 되는 날이었다.

십 년 전, 그러니까 두 사람이 열여덟 살이었던 때, 그들은 처음 만나 친구가 되었다. 별로 로맨틱하지도 않은 사소한 계기였다. 누군가의 생일이었고, 친구가 친구를 데려오고, 그 친구가 다른 친구를 부르고, 그런 식으로 연결된 만남이었다. 우르르 어울려 다니면서 고등학교 시절을 보내다 우연히 같은 대학에 들어가게 되었고, 하나는 학교 근처의 원룸, 하나는 학교 기숙사, 라는 식으로 같은 동네에 살게 되었고, 어쩌다 보니 심심할 때, 우울할 때, 리포트를 쓰다가 졸릴 때, 즉석 복권에 당첨되었을 때, 배는 고픈데 혼자 밥 먹기는 싫을 때, 괜히 놀러가고 싶을 때, 아무 생각 없이 만나는 사이가 된 것이다.

그 사이에 그는 다섯 번쯤 실연을 당했고, 그녀는 두 번쯤 심각한 연애를 했다. 그리고 일곱 번쯤 진탕 술을 마시면서, 차라리 너랑 나랑 연애할까, 하는 농담을 주고받았다. 좋아하는 영화, 책, 취미가 전혀 다른 두 사람이었지만 그건 어디까지나 열여덟 살 때까지의 이야기였다. 같이 어울려 다니려다 보니 한쪽이 다른 한쪽에게 맞춰주고 양보하는 것을 어쩔 수 없이 배워야 했고, 그러다 보니 원래 자신의 취향이 어떤 것이었는지 잊어버릴 지경에 이르렀다. 그는 순정 만화를 읽게 되었고, 그녀는 야구 경기에 열광하게 되었다.

그러나 그 모든 것들도 오늘까지야, 그녀는 생각했다. 그는 지금 그녀보다 다섯 살이나 어린 다른 여자와 사랑에 빠져 있었고(참고로 그 여자는 그녀가 보기에도 몹시 귀여웠다), 그 모든 사랑의 행로에 종지부를 찍고 청혼을 할 참이었다. 그는 취직이

결정되었고 그 여자는 졸업을 앞두고 있으니 문제될 건 아무것도 없었다. 그 여자가 그의 청혼을 받아주기만 한다면 말이다. 그녀의 무심한 친구는 바로 그 때문에 오천오백오십세 번째 부탁을 하게 된 것이다. 그래서 그들은, 봄의 기운이 어려 있긴 하지만 아직은 바람이 찬 어느 날, 두 사람이 처음 함께 영화를 보고 왔던 그 공원에 마주 서 있게 되었다.

'여자가 원하는 프러포즈의 ABC'를 가르쳐주기 위해 그녀가 애를 쓰고 있을 때, 그는 추워 죽겠다, 배고파 죽겠다, 하며 연신 투덜거렸다. 손은 이렇게, 시선은 저렇게, 이 대사는 외우도록 해, 그의 투덜거림에 아랑곳하지 않고 그녀는 지시했다. 내 말 잘 들으면 밥 사줄게, 하고 달래는 것도 잊지 않았다.

당연하지만, 그녀의 마음은 어수선했다. 이제 막 마른 담을 기어올라가기 시작한 담쟁이덩굴처럼 어지럽고 불안했다. 그러나 그녀는 끝까지 친구의 역할을 다할 작정이었다. 너는 정말 그녀를 사랑하니?, 라거나, 혹시 우리가 연인이 된다면 어떨까, 생각해봤어?, 같은 말은 절대로 하지 않을 작정이었다. 언제부턴가 내가 너를 사랑하게 되었다는 걸 넌 알고 있니?, 라는 말은 절대로 절대로 하지 않을 작정이었다. 그녀는 잘 알고 있었다. 빙빙 둘러 떠보는 것도, 직접적인 폭탄선언도, 지금의 그에게는 효과가 없다는 걸. 바보 같은 그는, 자신이 정말 그 여자를 사랑하고 있다고 굳게 믿고 있기 때문이다. 귀엽고, 애교가 많고, 제멋대로에다가, 하나부터 열까지 그와 정반대의 취향을 가진 그 여자를.

'처음 만났을 때부터, 너는 나의 운명이라고 생각했어. 우리가 함께한 시간들은 정말 완벽했어. 네가 없는 나의 인생은 상상할 수도 없어. 나와 결혼해주지 않을래?'

이것은 웬만한 로맨틱 코미디 영화에서 흔히 들을 수 있는 말인 동시에, 그녀가 그에게 외우게 한 프러포즈용 대사인 동시에, 그녀가 그에게 처음이자 마지막으로 한 (간접적인) 고백이었다. 그는 마침내 그 대사와 함께 모든 동작을 확실하게 익혔고, 그 대가로 그녀에게 밥을 얻어먹었고(부탁을 한 사람이 밥을 사야 하는 것이지만, 그의 용돈은 데이트 비용으로 모조리 나가버리기 때문에 어쩔 수 없었다), 두 사람은 나름대로 자신의 각오를 다지면서 그 공원을 빠져나왔다. 아니, 나오려고 했다. 그들은 공원 출구를 십 미터쯤 남겨놓은 곳에서 갑자기 걸음을 멈춰야 했는데, 그건 그가 갑자기 엉뚱한 질문을 던졌기 때문이다.

"궁금한 게 있는데…."

그가 말했다.

"그 애는 정말 나를 좋아하는 걸까?"

그녀의 마음속에서 쿵, 하는 소리가 났다. 그 소리를 감추기 위해 그녀는 목소리를 높여 활기차게 대답했다.

"일 년이나 만났잖아. 너 좋아한다며."

"그렇긴 한데…."

그가 그녀의 발걸음을 다시 잡았다.

"뭐랄까, 지금도 별로 편하지가 않아. 그러니까 너랑 있으면…."

그녀는 급히 그의 말을 끊어야 했다.

"당연하지. 진짜 사랑하는 사람은 그런 거야. 너랑 난 이 꼴 저 꼴 다 본 사이잖아."

그녀의 걸음이 빨라졌고, 출구는 오 미터 앞으로 다가왔다. 저벅저벅, 하고 그가 그녀를 따라왔고, 그녀의 팔을 잡았다.

"넌 알고 있었지?"

그가 말했다.

"뭘?"

그녀는 화가 난 사람처럼 얼굴이 빨개져서, 소리를 질렀다.

"그 애가 보고 있는 건 진짜 내가 아니야. 그 애는 날 사랑하지 않는다고."

그가 말했다.

"시끄러워, 알 게 뭐야, 네가 사랑하면 그걸로 된 거잖아."

그녀가 대답했다. 두 사람은 서로를 잡아먹을 듯 노려보았다. 그리고 분노와 놀라움, 두려움과 환희, 맵고 짜고 달고 쓴맛,

그 모든 것을 합해놓은 것과 같은 기분에 휩싸였다.

그날 이후, 표면적으로, 전과 달라진 것은 없어 보였다. 그들은 여전히 심심할 때, 우울할 때, 배는 고픈데 혼자 밥 먹기는 싫을 때, 괜히 놀러가고 싶을 때 서로를 찾아, 순정 만화와 야구 경기를 보며 함께 열광했다. 단 한 가지 달라진 것은, 실연을 당했을 때 옆에서 위로해줄 친구가 없어졌다는 것이었다. 이를테면 두 사람 모두 배수진을 쳐버린 것이었다. 나로서는 그런 미래를 상상하는 것만으로도 끔찍하지만, 아직 일어나지도 않은 일에 대해, 그것도 남의 일에 대해 고민하는 건 어리석은 짓이니까, 이 두 바보들은 그냥 내버려두기로 하자.

다만 한 가지 충고 정도는 해두고 싶다. 혹시 일이 잘못되더라도, 큐피드나 사랑의 묘약 제조자를 찾아가봤자 아무 소용없다는 것을 기억하기 바란다. 앞에서 이야기했듯이, 그들은 이미 멀리 달아나버린 후일 테니까. 나는 그들이 급히 남기고 간 한 장의 메모를 본 적이 있는데, 거기에는 이렇게 쓰여 있었다.

미안해.

모두에게 크리스마스

어 떤 만남

그녀의 얼굴은 푹 눌러쓴 모자로 반쯤 가려져 있다. 손에는 서점의 서가에서 꺼낸 두꺼운 책이 들려 있지만, 눈은 다른 곳을 보고 있다. 백화점 안은 온통 크리스마스 풍경이다. 초록색과 빨간색 종이박스, 금빛 종들과 은빛 별들, 하늘로 날아오르는 썰매와 빨간 코의 루돌프, 하얀 수염을 달고 환하게 웃고 있는 산타클로스, 푸른 전나무에 매달려 반짝반짝 빛나는 꼬마전구들, 종종걸음 치며 바쁘게 움직이는 사람들. 그녀는 가볍게 눈살을 찌푸린다.

'딱 질색이야, 크리스마스 따위.'

이 세상 사람들은 창을 사이에 두고 두 가지 분류로 나뉜다고 그녀는 생각한 적이 있다. 창 안의 사람들과 창밖의 사람들.

그녀로 말하자면, 태어날 때부터 창밖의 사람이었다. 지금까지 그녀의 삶은 길 위에서 이루어졌으며, 앞으로도 창 안의 세계로 편입되는 일은 없을 것이다. 가장 나쁜 것은 세상의 모든 축제와 생일이다. 크리스마스는 그중 가장 나쁘다. 창 안 사람들과 창밖 사람들의 구분이 더욱 뚜렷해지는 날인 데다가, 심지어 겨울이다.

해마다 크리스마스가 되면, 그녀는 성냥팔이 소녀가 된 기분이 든다. 창 안에는 따뜻한 불빛이 비치고, 꼬마전구들이 깜박거리고, 아이들이 뛰어다니고, 선물 상자들이 넘쳐나고, 달콤한 냄새가 모락모락 피어오른다. 창 안의 불빛이 밝아지고 따뜻해질수록, 창밖의 어둠은 깊어지고 차가워진다. 창 안의 누구도 창밖의 그녀를 보지 못한다. 그리고 그녀에게는 성냥불로 밝혀 회상할 만한 추억조차 없다. 한순간에 사라질 추억조차.

그녀는 탁, 하고 소리 나게 책을 덮은 다음 아무 곳에나 놓아버린다. 지나가던 누군가 힐난하는 눈초리로 바라보지만, 무시한다. 그녀는 시계를 흘끗 보고, 종종걸음으로 크리스마스 풍경 사이를 빠져나간다. 갑자기 누군가와 세차게 부딪친 것은, 그녀가 어느 코너를 막 돌고 난 직후다. 균형을 잃어버린 그녀가 털썩 넘어지고, 부딪친 사람은 몹시 당황하여 어색하게 손을 내민다. 그녀는 그 손을 잡지 않는다. 싸늘한 표정으로 일어나서, 어쩔 줄 모르고 서 있는 사람에게 시선 한 번 주지 않은 채 또박또박 걸음을 옮긴다.

잠시 후, 백화점의 여자 화장실에서 그녀는 거울을 보고 있다. 깊이 눌러쓴 모자를 살짝 들어 얼굴을 보고, 스커트 자락을 걷어 올려 조금 전에 난 상처를 본다. 빨간 핏방울이 맺혀 있다. 눈살을 찌푸리며 그녀는 나란히 줄지어 서 있는 화장실 중 한 칸으로 들어간다. 문을 잠그고, 메고 있던 커다란 가방의 지퍼를 열어 지갑들을 꺼낸다. 조금 전 그녀와 부딪쳤던 사람의 것까지, 모두 다섯 개다. 그녀는 익숙한 손놀림으로 현금을 빼낸 후, 지갑들은 쓰레기통에 던져버린다. 죄책감은 없다. 이것이 그녀가 세상을 살아가는 방식이고, 세상이 그녀에게 주지 않는 것들을 받아내는 방식이다. 특히 오늘 같은 날은, 그녀는 생각한다, 나는 받을 게 많아. 크리스마스이브잖아. 그러니까 이걸로는 부족해.

조금 더 깊이 모자를 눌러쓰고 화장실 밖으로 나온 그녀는, 뭔가 잘못되었다는 것을 깨닫는다. 누군가 그녀를 기다리고 있다. 부드럽지만 영민해 보이는, 키가 크고 마른 체형의 남자다. 그는 아무 말 없이, 그녀를 빤히 바라본다.

"…뭐예요?"

마침내 그녀가 먼저 입을 연다.

"많이 다쳤어요?"

예상치 못한 다정한 목소리로 남자가 말한다. 그녀는 시치미를 떼며 고개를 갸웃거린다.

"아까 넘어졌잖아요."

"봤어요?"

그녀는 당황하지 않으려고 애쓰며, 침을 꼴깍 삼킨다.

"봤죠."

아무렇지도 않게, 남자가 대답한다.

"어디부터?"

"처음부터."

그녀는 호흡을 가다듬고, 천천히 시선을 걷어들인 다음 걸음을 옮긴다. 백화점 밖으로 나갈 때까지 뒤돌아보지 않는다. 남자가 따라오고 있는 기색은 느껴지지 않는다. 거리의 인파에 파묻혀, 그녀는 안도의 한숨을 쉰다. 갑자기 긴장이 풀리면서 무릎에 통증이 찾아온다. 그녀는 잠시 걸음을 멈추고 스커트 자락을 걷어 상처를 살핀다. 이제 상처는 눈에 띄게 부풀어 올랐다. 약이라도 발라야 하는 걸까, 하다가 이까짓 상처, 하고 그녀는 다시 몸을 일으킨다.

"역시 아프죠?"

두근, 하고 그녀의 심장이 내려앉는다. 아까 그 남자가 바로 등 뒤에 서 있다.

"뭐예요?"

그녀는 날카롭게 쏘아붙인다.

"좀 심하게 넘어지던데."

남자의 목소리에 빈정거림은 없다.

"댁하고 무슨 상관이에요."

그의 속셈을 알 수가 없어, 그녀는 더욱 신경을 곤두세운다.

"여기서 잠깐 기다려요."

남자는 주위를 둘러보다가, 백화점 건물 앞에 있는 벤치를 가리킨다.

"저기 앉아 있어요. 약을 사올 테니까."

"남의 일에 간섭하는 성격이에요?"

이 사람 도대체 뭐야, 그녀는 그를 노려본다.

"좀 앉아 있어요. 금방 다녀올 테니까."

남자는 부드러운 미소를 짓는다.

"아저씨, 혹시 형사예요?"

그녀는 머릿속을 맴돌고 있던 말을 꺼낸다. 하하, 남자는 웃어버린다.

"얌전히 있겠다고 약속해요."

"못 해요."

그녀는 고개를 돌린다.

"날 믿어요."

그는 단호하게 말한다.

"어떻게 믿어요?"

"크리스마스니까."

남자는 그녀를 남겨놓고, 사람들 속으로 사라진다. 그가 돌아왔을 때, 그녀의 모습은 보이지 않는다. 그러나 남자는 두리번거리지도 않고, 태연한 얼굴로 벤치에 앉는다. 그의 손에는 약봉지가 들려 있다.

"진짜 웃기는 아저씨네…."

한쪽 기둥 뒤에 숨어 있던 그녀가 벤치로 다가온다.

"앉아요."

남자는 그녀가 옆자리에 앉기를 기다려, 비닐봉지 안에 든 소독약과 연고를 꺼낸다.

"걷어요."

그녀는 망설이다가, 조심스럽게 스커트 자락을 걷는다.

"내가 해요."

남자는 그녀의 말을 듣지 못한 것처럼, 상처를 살피고 소독약과 연고를 바른 후 일회용 반창고를 붙인다.

"잘못하면 곪을지도 모르니까, 술은 마시지 말아요."

"그리고?"

"곧장 집으로 갈 거죠?"

"…다른 목적은?"

"그냥 친절이죠. 그리고 이거."

남자는 주머니에서 뭔가를 꺼내어 여자에게 내민다. 따뜻한 캔 커피다.

어 떤 사 랑

그녀는 두 손으로 캔 커피를 감싸고 있다. 벤치에 나란히 앉아 있는 두 사람 주위로, 즐겁고 행복한 사람들이 종종걸음을 치며 서둘러 집으로 돌아가는 중이다.

"따뜻하죠?"

남자가 따뜻한 목소리로 묻는다.

"따뜻하긴 한데, 원래 캔 커피는 안 마셔요."

그녀는 손가락으로 캔 커피를 톡톡 두드린다. 남자는 말없이 빙긋 웃는다.

"진짜 다 봤어요?"

그녀가 묻는다.

"넘어지는 거?"

"그리고…."

그녀는 차마 말을 잇지 못한다.

"지갑 훔치는 거?"

그가 그녀의 말을 맺는다.

"진짜 형사 아니에요?"

"경찰서에 가겠다면 같이 가주죠."

남자가 부드럽게 말한다.

"결국 그거였군요."

그녀는 알 만하다는 듯 차가운 미소를 짓는다.

"뭐 하나 물어봐도 돼요?"

남자가 말한다.

"뭐요? 왜 그런 짓을 하느냐구요?"

그녀는 도전적이 된다.

"갖고 싶은 게 있어요?"

남자는 엉뚱한 질문을 한다.

"네?"

"갖고 싶은 거."

"훔친 돈으로 뭘 하고 싶었던 거냐고 묻는 거예요?"

"그냥 갖고 싶은 게 있냐고 물었어요."

"하!"

그녀는 갑자기 화가 난다.

"갖고 싶은 거! 아주 많죠. 너무너무 많죠."

"하나만 얘기해봐요."

"왜요? 아저씨가 사주게요?"

그녀의 목소리가 높아진다.

"내가 살 수 있는 거라면."

남자의 목소리는 낮아진다.

"웃기지 말아요. 여자 꼬이는 수법치고는 특이하네. 일단 그 여자가 소매치기여야 할 테니까."

그녀는 고개를 홱 돌린다.

"어릴 때는 받았죠?"

"뭘요?"

"산타클로스의 크리스마스 선물."

"아저씨가 산타라는 거예요?"

하하, 남자는 웃는다.

"그럴지도 모르죠."

그녀는 캔 커피를 차가운 벤치 위에 탁, 놓는다.

"난 이까짓 캔 커피 하나로 안 넘어가요. 당장 경찰서로 끌고 가지 않은 건 고맙지만, 도망가려면 충분히 도망갈 수 있었으니까."

"왜 안 도망갔죠?"

남자는 조금 슬픈 듯한 목소리로 묻고, 그녀는 아무 말도 하지 못한다.

"말하기 싫어요? 난 듣고 싶은데."

그녀는 이유를 생각해낸다.

"다리가 아파서요."

"또?"

그녀는 또 다른 이유를 떠올려보지만 생각나지 않는다.

"믿고 싶었죠?"

그녀 대신, 남자가 조용히 말한다.

"내가 왜 처음 만난 사람을…."

그녀의 목소리가 가라앉는다.

"크리스마스니까."

"흥."

그녀는 몸을 똑바로 세운다.

"나랑 상관없어요. 다들 멍청하게 잔뜩 들뜨기나 하고."

"그래도 오늘은 크리스마스죠. 이 세상 어디에나. 우리 모두에게."

그녀가 잠시 침묵하는 사이, 남자는 둘 사이에 놓인 캔 커피에 손바닥을 가만히 대어본다.

"생각했어요?"

남자가 다시 묻는다.

"뭘요?"

"갖고 싶은 거."

"티파니. 다이아몬드로 세공한 진주 목걸이."

그녀는 그의 눈을 보면서 덧붙인다.

"육백오만 원짜리."

그도 그녀의 눈을 본다.

"잠깐 기다려요."

남자는 두르고 있던 목도리를 벗어 여자의 목에 둘러주고, 일어난다. 그가 앉아 있던 자리 위로 차가운 겨울바람이 고인다. 그녀는 몸을 떨며, 캔 커피를 집어 들어 두 손으로 꼭 쥔다.

어 떤 이별

그녀는 지금 몹시 혼란스럽다. 무엇인가 뜨거운 것을 삼킨 것처럼 목이 따끔거리고, 양파 껍질을 깔 때처럼 눈 주위가 뜨겁다.

그녀는 자꾸만 시계를 본다. 남자가 사라진 것이 아주 오래 전인 것 같은데, 겨우 십 분이 지났을 뿐이다. 그 사실이 믿어지지 않아서, 그녀는 고개를 흔든다. 목이 따끔거리는 건 조금 전에 뚜껑을 따고 한 모금 마신 캔 커피 때문이고, 눈 주위가 뜨거운 것은 감기 기운 때문이라고 생각해보지만, 시간이 이토록 느리게 가는 것은 설명할 수가 없어서, 그녀는 초조해진다.

그냥 이대로 가버릴까, 하고 그녀는 몇 번이나 자리에서 일어섰다가 다시 앉는다. 남자가 사라진 쪽을 바라보다가 다른 쪽으로 고개를 돌린다. 마침내 남자의 모습이 그녀의 시야에 들어왔을 때, 그녀는 심장이 두근, 하고 내려앉는 것을 느낀다.

그녀는 심장의 두근거림을 싫증날 만큼 느끼며 살아가는 사람이다. 그러나 이것은 누군가가 뒤를 쫓아올 때와는 다른 종류의 두근거림이다. 급박함보다는 애틋함의 두근거림이다. 그녀는 늘 두근거림의 상태에서 한시라도 빨리 벗어나기를 원했지만, 이번만은 달랐다. 영원히 그 순간에 머무르고 싶다는 생각, 그리고 이런 상태를 더 이상 견딜 수 없을 것 같다는 생각이 동시에 그녀를 찾아온다.

남자의 움직임을 좇는 그녀의 심장은 잠시 후 또 한 번 두근, 하고 내려앉는다. 그녀는 급히 가방을 메고, 자리에서 일어나 달리기 시작한다. 남자의 뒤를 따라오고 있는 사람은 경찰이다. 경찰은 남자에게 무언가 말을 하고, 남자는 경찰에게 무언가 대답을 한다. 잠시 후 경찰은 고개를 끄덕이며 인사를 하고 돌아서지만, 여자는 이미 그 자리에 없다. 남자가 발견한 것은 뚜껑이 따진 채 그 자리에 놓여 있는 캔 커피다. 두리번거리는 남자의 손에는 알록달록한 벙어리장갑이 들려 있다.

그리고 그녀는 뛰고 있다. 한쪽 무릎을 절뚝거리며. 세찬 바람이 불어와 그녀의 뺨에 흘러내리고 있는 눈물을 마구 헤집는다. 거리는 서서히 어둠에 잠기고, 사람들의 발걸음은 더욱 빨라진다. 심장이 타는 듯한 아픔이 솟구쳐와서, 그녀는 갑자기 걸음을 멈춘다. 누군가 그녀의 어깨를 툭 치고 지나가지만 움직이지 않는다. 그녀의 가쁜 숨소리에 섞여 뎅, 뎅, 뎅, 어디선가 낮은 종소리가 들려온다. 구세군의 종소리다. 사람들은 태연한 얼굴로 구세군 냄비 앞을 지나치고 있다. 마치 종소리가 들리지 않는다는 듯. 마치 냄비가 보이지 않는다는 듯. 그녀는 천천히 구세군 냄비를 향해 걸어간다. 가방을 열고, 그 안에 쑤셔 넣어둔 지폐를 한 움큼 집어 냄비 안에 넣는다. 가방 속에 있는 지폐가 다 나올 때까지, 그 동작을 되풀이한다.

"메리 크리스마스."

종을 울리던 구세군이 짧은 인사를 건넨다. 그제야 그녀는 자신이 무얼 했는지 깨닫는다. 걸음을 옮기며, 그녀는 남자가 둘러준 목도리를 두 손으로 감싸 쥔다. 그것이 자신을 구해줄 유일한 끈이라도 되는 것처럼.

그녀가 어느 방향으로 걸어갔는지, 나는 모른다. 그러나 그녀 앞에 굳게 닫혀 있던 하나의 창이, 그 순간 스르르 열리는 것을 본 것도 같다.

어릴 때는 받았죠?

산타클로스의 선물.

슬프지만 안녕

"안 추워?"

제이가 묻는다. 안 추워? 안 피곤해? 안 졸려? 다리 안 아파? 배 안 고파? 괜찮아? 그런 질문을, 제이는 내게 수천 번쯤 했다. 대답하기가 귀찮아 그냥 넘긴 적도 많았다. 그게 훗날 아픔으로 남을지도 모른다는 생각은 하지 못했다.

오래도록 방치해두어 녹이 슨 칼날로 종이를 자르다 손가락을 벤 적이 있다. 살점이 뭉툭하게 잘려나간 자리에서 피가 흘러넘치는데, 옆에 있던 사람들의 비명 소리를 듣고서야 무슨 일이 일어났는지를 깨달았다. 잘린 살점은 얇은 피부 한 겹에 의해 손가락 끝에 겨우 붙어 있었다. 서둘러 지혈을 했지만 피는 멎지 않았다. 약국에서는 지혈제와 소독약을 주면서, 병원에 가서 꿰매는 것이 좋다고 충고했다. 그러나 나는 상처 부위를 붕대로 꽁꽁 싸서 그대로 내버려두었다. 시간이 흐르고 상처는 아물었지만 아직도 내 왼쪽 엄지 끝에는 볼록한 자국이 남아 있다. 그때부터 그 흉터를 깨무는 버릇이 생겼다.

제이의 질문을 받고, 나는 대답 대신 손가락을 깨문다. 한 번 떨어졌다 붙은 살점의 신경은 예전처럼 예민하지 않다. 아무리 세게 깨물어도 통증은 거의 느껴지지 않는다. 제이는 그런 나를 가만히 바라보다가 내 입술 사이에서 손가락을 빼내어 자신의 손으로 감싸 쥔다. 제이가 울면 어쩌나, 하고 나는 생각한다. 그러나 그는 이제 울지 않는다. 나도 울지 않는다. 우리 둘 다 눈물을 흘리기에는 너무 늦은, 어른이 되었다.

학교 앞에 있던 낡은 카페 RUSH에서 그는 울었다. 먼지가 쌓인 스피커 안에서 블랙 사바스가 소리를 지르고 있었다. 레코드 위를 돌아가던 바늘은 가끔 흠집에 걸려, 같은 부분을 여러 번 반복하기도 했다. 삼십 분 전까지만 해도, 그와 나는 다른 사람들과 어울려 포장마차에서 술을 마시고 있었다. 쌀쌀하고 눅눅한 삼월의 밤이었다. 동아리에 가입한 지 며칠 되지 않은 신입생들이 두세 명 섞여 있었고, 두세 명의 동기들과 두세 명의 선배들이 깍두기를 앞에 놓고 막걸리를 마시는 중이었다. 막 이학년이 된 나는, 선배라는 호칭에 어리둥절한 채로 그들의 이야기를 듣고 있었다.

제이는 그해에 입학한 신입생이었다. 생각해보면 그는 처음부터 나를 선배나 누나라고 부르지 않았는데, 어떤 관계는 그런 호칭으로 규정되기도 한다는 건 나중에 알게 되었다.

제이와 나 사이에 특별한 공감대가 있었던 건 아니다. 한두 번 스쳐가듯 만난 것이 전부였고, 제대로 된 대화를 나눈 적도 없었다. 내게는 사귄 지 일 년쯤 된 연인이 있었고, 관계를 복잡하게 만들 작정이 아닌 다음에야 다른 이성에게 눈길을 줄 이유도 없었다.

내가 제이에게 관심 비슷한 것을 갖고 있었다면, 아마도 그가 내비치는 위태로움 때문이었을 것이다. 그는 언제나 웃는 얼굴을 하고 있었지만 내겐 그게 보였고, 그래서 신경이 쓰였다. 그날 제이가 술자리에 섞여 있던 나를 밖으로 불러낸 건, 내가 자신의 위태로움을 감지한다는 사실을 알아차렸기 때문일 것이다.

잠깐만, 하고 제이가 내 팔을 잡아끌었을 때 다른 이들은 이미 취해 있었다. 나는 별로 의아해하지도 않고 그를 따라 밖으로 나갔다. 키가 참 크구나. 제이와 마주 서서 나는 그런 생각을 했다. 제이는 싱긋, 미소를 짓더니 내 이야기 좀 들어줄래요, 하고 말했다. 선배로서 후배의 이야기를 들어주는 것은 지극히 당연한 일이며, 필요에 따라서는 상담과 충고, 조언을 아끼지 않아야 한다는 이야기를 선배들에게 지겹도록 듣던 때였다.

제이가 나를 이끈 곳은 포장마차에서 멀지 않은 곳에 있었던, 낡은 카페 RUSH였다. 우리는 생맥주를 시켰고, 잔이 다 비기 전에 제이는 울었다.

제이의 가족사를 시시콜콜 이야기하고 싶지는 않다. 벌써 오래전의 일인 데다가, 이제 와 그런 걸 들추어내는 걸 그도 원하지 않을 것이다. 그날 제이는 나에게 자신의 가족사를 들려주었다, 정도만 말하겠다. 제이 자신도 그 일을 얼마 전에야 알게 되어, 몹시 혼란스러운 상태였다.

드라마나 소설에서만 생기는 건 줄 알았던 일이 실제로도 일어나는구나. 스무 살을 갓 넘긴 나는 제이의 이야기를 들으며 그런 생각이나 하고 있었다. 그의 눈빛은 진실했지만, 그가 지니고 있는 고통이 설득력 있게 다가오지는 않았다. 나는 그저 동아리 선배였고, 제이라는 한 인간에 대해 감정이입을 할 만큼 친밀한 사이가 아니었기 때문이다.

제이의 이야기는 길지 않았다. 오 분이나 십 분 정도 이야기를 했고, 울었다. 그때서야 나는 몹시 당황했다. 잘 알지도 못하는 남자가 내 앞에서 울고 있는데, 사태를 수습할 사람은 나밖에 없었다. 남자가 우는 건 처음 보는구나, 아니, 감상에 잠겨 있을 때는 아니지, 어쩌면 좋을까, 머리가 그런 상념으로 오락가락하고 있을 때 내 손이 멋대로 뻗어 나가 그의 손을 쥐었다. 한 번 쥔 손을 다시 뺄 수는 없어서 그런 상태로 다시 오 분이나 십 분 정도를 흘려보냈다.

마침내 제이는 눈물을 닦고 미소를 지어 보였다. 이걸로 된 건가, 하고 손을 거두려는데, 이번에는 제이가 내 손을 잡고 놓지 않았다. 그렇게 또 오 분이나 십 분이 흘러갔다. 어떤 식으로든 제이에게 위로를 해주어야 할 것 같았지만, 아무런 말도 떠오르지 않았다. 우는 건 나중에 해도 되잖아, 모든 게 끝난 다음에 해도 되잖아, 라고만 겨우 이야기했다.

우리는 남은 맥주를 비우지 않은 채 그곳을 나와, 포장마차로 돌아갔다. 어디 갔다 왔냐고 묻는 사람은 아무도 없었다.

붉은 노을이 먼발치까지 와 있는데, 우리는 돌아갈 생각을 하지 못한다. 내가 제이에게 잡힌 손을 빼내자, 제이는 나무 테이블 위에 놓인 담배를 집어 들어 불을 붙인다. 라이터의 불빛이 제이의 얼굴에 어려, 윤곽이 뚜렷한 코와 입술을 더욱 선명하게 만든다. 제이의 입술은 핏빛처럼 붉다. 그 붉은 입술을 열어, 내게 말을 건넨다.

"여기도 오랜만이지."

"응."

"하나도 안 변했어."

"응."

제이의 긴 손가락 사이에 끼어 있는 담배에서, 재가 툭 하고 떨어진다. 나는 재떨이를 제이 앞으로 밀어준다.

"우리, 여기 몇 번이나 왔을까."

혼잣말 같은 그의 질문에, 나는 세월을 가늠해본다. 제이를 만난 건 십 년 전이지만, 함께 보낸 시간은 그리 많지 않다. 우리가 연인이었던 기간은 길어야 한 달 남짓이었을까. 혹은 일주일, 아니 사흘 정도였을지도 모른다. 만남도 헤어짐도 선을 긋듯 뚜렷하지 않다.

제이는 언제나 내 곁에 머무르는 듯했지만 정신을 차려보면 사라져 있었다. 그러니 새삼스럽게 제이가 나의 옛 연인이라거나, 잊지 못할 옛사랑이라고 말할 수는 없다.

제이는 그냥 제이다.

대학 삼 학년, 여름 끝 무렵의 교정에서 제이를 만났다. 그는 커다란 배낭을 메고 있었다. 잔디밭에는 긴 그림자가 드리워져 있었고, 나는 수업을 마치고 나오던 참이었다. 제이는 처음부터 나를 만날 작정으로 그곳에서 기다리고 있었지만, 나는 우연이라고 믿었다. 제이의 큰 배낭이 심상치 않아, 내가 물었다.

"어디, 가니?"

"응, 군대."

"그건 다 뭐야?"

"책. 누군가 줘버리려고."

제이는 배낭을 열어 그 속에 있던 책을 꺼내어 잔디밭에 늘어놓았다.

"보고 싶은 거 있으면 가져."

나는 책들을 뒤졌지만 한 권도 고르지 않았다.

"별로… 없어."

제이의 책을 간직하고 있는 게 싫었다. 아니 싫다기보다는 두려웠다고 해야 할 것이다. 그가 떠나고 난 후, 그를 연상시키는 물건을 보고 싶지 않았다. 난 제이의 연인이 아니었고, 제이에게 애틋한 사랑을 느낀 적도 없으니까, 그런 일은 일어나서 안 된다고 생각했다. 제이는 책들을 다시 배낭에 집어넣더니, 내 손을 잡아끌었다.

"백마 가자."

"지금?"

나는 왜냐고 묻지 않았다. 제이는 그냥 추억을 하나 만들고 싶었던 건지도 몰라, 내가 그 풍경 속에 있다고 해서 별 문제될 것은 없겠지, 생각했고, 그래서 제이를 따라 기차역으로 갔다.

"안 무거워?"

제이는 내가 갖고 있던 두꺼운 원서를 보면서 그렇게 말했다. 나는 고개를 저었지만, 제이는 굳이 그걸 받아 들었다. 기차 안에는 사람들이 꽤 많아서, 우리는 통로에 나란히 섰다. 무거운 배낭을 메고 내 책까지 들고 있던 제이는 기차가 흔들릴 때마다 남아 있는 한 손으로 나를 잡아주었다.

"안 무거워?"

내가 물었다.

"안 무거워."

제이가 대답했다.

백마에 내렸을 때, 날은 저물어 있었다. 건조하고 차가운 바람이 불어와 나는 몸을 움츠리고 종종걸음으로 기찻길을 따라 걸었다. 제이는 입고 있던 오렌지색 셔츠를 벗어, 내게 입혀주었다. 괜찮아, 하고 말하면서도 나는 그가 하는 대로 내버려두었다. 제이의 셔츠는 내게 너무 컸지만, 불빛처럼 따뜻했다.

그날, 우리가 자주 가던 그 카페에서 나눈 이야기들은 기억나지 않는다. 다만 집으로 돌아가는 길, 다시 기찻길을 걸어 역으로 갈 때의 캄캄한 어둠은 선명하게 떠오른다. 우리는 묵묵히 걸었다. 길은 무척 멀었고 우린 천천히 걸음을 옮겼지만, 결국은 기차역에 도착했고, 서울로 돌아와 그대로 헤어졌다. 제이의 오렌지색 셔츠는 돌려주지 못했다.

그가 제대를 하고 학교로 돌아왔을 때, 나는 졸업을 앞두고 있었다. 어느 날 수업을 마치고 강의실을 나오는데, 제이가 기다리고 있었다. 그는 대뜸 내 가방을 받아들더니 성큼성큼 앞장서서 걸어갔다.

"어디 가?"

"날씨 좋지? 어디 가고 싶어?"

제이가 웃으며 말했다.

"글쎄… 그보다 오늘 동아리 모임이 있는 날 아냐?"

"아, 그렇구나. 그럼 일단 거기로 가자."

제이의 말대로 날씨가 무척 좋았다. 동아리 사람들도 그렇게 생각했던지, 야외에서 모임을 갖자는 누군가의 제안에 모두들 즐겁게 동의했다.

우리는 잔디밭에 둥글게 둘러앉아 이야기를 나누었다. 제이와 나는 가끔 눈이 마주쳤고, 그때마다 그는 미소를 지었다. 모든 것이 평화롭고 아름다웠다. 만약 내게 시간을 멈출 수 있는 능력이 있다면, 그해 그 아름답고 평화로운 가을날, 교정에 내리쬐던 따사로운 햇볕, 눈부신 제이의 미소, 가지고 싶은 것도 지우고 싶은 것도 없었던 그 삶으로부터 한 발자국도 앞으로 움직이지 않을 것이다. 그러나 모든 평화는 그날 밤에 깨어졌다.

모임이 끝나고, 제이와 나는 동아리 사람들과 함께 술을 마셨다. 사람들이 뿔뿔이 흩어질 때, 그는 내게 다가와 집까지 같이 걸어가자고 했다. 우리 집은 학교에서 가까웠고 제이는 가끔 나를 바래다주었기 때문에, 사양할 이유는 없었다.

집으로 가는 길에 제이는 말이 없었다. 생각에 잠긴 듯, 걸음걸이가 한없이 느려지기도 했다. 뭐 하는 거야, 빨리 와, 나는 뒤처지는 제이를 재촉하며 걸어갔다. 집으로 들어가는 골목 앞에서, 그가 작은 카페를 가리키며 말했다.

"차 한잔 마시고 가."

그 카페를 기억한다. 이층으로 올라가는 나무 계단, 삐걱거리는 소리, 어두운 조명. 늦은 시간이었고, 손님은 우리밖에 없었다. 차를 마시기로 해놓고, 둘 다 맥주를 시켰다. 제이는 차가운 컵을 두 손으로 꼭 잡은 채, 내 눈을 들여다보았다.

"우리…."

시끄러운 음악 소리 때문에, 나는 제이의 뒷말을 놓쳐버렸다. 손님도 없는데 무슨 음악을 이렇게 크게 틀어놓았을까, 속으로 불평하며 나는 물었다.

"뭐라고 했어?"

제이는 내가 듣고도 못 들은 척한다고 생각했는지, 잠시 그대로 가만히 있었다.

"못 들었어. 음악 소리 때문에."

"정말?"

"응."

"잘 들어. 우리, 결혼하자."

나는 웃었다. 장난하지 마, 하고, 그냥 웃었다. 하나도 우습지 않았지만, 웃음을 그치면 진지한 이야기를 해야 했다. 나는 제이를 좋아했지만, 평생을 함께하겠다는 약속은 무리였다. 스물세 살에 그런 확신을 가질 수는 없는 거라고 마음속으로 변명을 했지만, 사실은 그를 사랑하지 않았던 것이다. 그래서 하하하, 마른 웃음을 터뜨리고, 맥주를 한 모금 마신 다음, 서둘러 자리에서 일어났다.

집 앞 골목길에서 나는 잘 가, 인사를 하며 그가 들고 있던 내 책을 받으려 했다. 제이는 책을 건네주는 대신, 아무것도 들고 있지 않던 왼쪽 손으로 내 어깨를 감싸 안았다. 나는 제이의 품에 파묻힌 채, 이럴 때는 두 손을 어떻게 해야 하는 걸까, 생각했다. 후두둑, 책들이 바닥으로 떨어지는 소리가 들렸다. 제이의 오른손이 내 얼굴을 감쌌다.

건조하고 아무런 맛도 나지 않는 키스였다. 이 사람을 영원히 사랑할 수는 없어, 막연했던 생각이 선명한 모습으로 떠올랐다. 떨어진 책들, 골목길을 지나갈지도 모를 사람들, 갈 곳을 정하지 못한 나의 두 손, 모든 것이 마음에 걸렸다. 하지만 제이의 키스가 끝날 때까지, 나는 움직이지 않았다. 제이에게 그건 첫 키스였지만, 내게는 이별의 키스였다.

떨어진 책들을 줍는 제이의 뒷모습을 보는데, 눈물이 글썽맺혔다. 잘 가, 나는 조그맣게 말하며 책을 받아들고, 집을 향해 뛰어갔다.

"그때, 그렇게 가버려서 미안해."

그날 이후 한 번도 입에 올린 적이 없는 이야기를, 나는 기어이 한다.

"기억하고 있었어?"

제이가 다정하게 말한다.

"당연하지."

제이와의 일들은 내 기억 속에 시간별로 정리되어 있지 않다. 먼 과거와 어제의 일이 온통 뒤섞이고 나뉘고 흔들린다. 그 카페의 삐걱거리는 나무 계단을 딛고 내려올 때의 불길함은 바로 조금 전의 경험처럼 강한 진동으로 내 마음을 파고든다.

"미안해, 정말."

"괜찮아."

내가 이야기하지 않아도, 제이는 이제 다 알고 있다. 어느 순간부터인가, 제이와 나는 서로에게 이해를 구하지 않고서도 이해할 수 있는 사람들이 되어버렸다. 그건 그것대로 불행하다.

"그래도…."

나는 굳이 변명을 한다.

"우리, 결혼하지 않아서 잘됐지."

"그래."

제이는 억지로 웃어 보인다.

"싸움도 많이 했을 거야. 너, 나한테 실망도 많이 하고."

나는 생각나는 대로 이유를 늘어놓는다.

"실망 같은 건 하지 않아."

"어째서?"

제이는 대답하지 않는다. 하지만 나는 그 대답을 이미 알고 있다.

아주 오래도록 너의 영혼을 사랑해왔어. 이젠 어떤 방식으로든 그 사랑에 대해 책임을 지고 싶어, 라고 언젠가 제이는 말했다. 나는 웃었다. 그럴 필요는 없어, 라고 대답하는 대신, 그냥 웃었다. 또 다른 날, 다음 세상이라는 게 있다면, 네가 내 엄마로 태어나주면 좋겠어, 라고 제이는 말했다. 나는 웃지 못했다.

너무 많은 세월이 흐른 후에야 비로소, 나는 제이의 진심을 믿게 되었다. 하지만 일찍 알았다고 해도, 우리의 운명은 그다지 바뀌지 않았을 것이다. 우린 그런 시기에 만났고, 헤어졌다. 우리를 방해했던 유일한 것이 있었다면, 그건 나 자신이었다. 잘 설명할 수는 없지만, 제이가 나를 사랑하는 것이 기쁘지도 않았고 괴롭지도 않았기 때문에, 나는 제이와 함께할 수도 없고, 헤어질 수도 없었던 것이다.

그럴 수만 있다면, 누군가의 영혼을 영원히 사랑하는 일이 가능할 수도 있다고 믿고 싶었다. 하지만 유한의 존재인 나는, 무한을 이해할 수도 없었고 수용할 수도 없었다. 어쩌면 영원이란, 우리가 까맣게 잊어버리고 있는 언젠가의 시간 속에서만 영원히 존재하는 것인지도 모른다. 우리가 영원히 잡을 수 없는 것, 그것만이 영원한 진실일지도 모른다.

"안 추워?"

다시, 제이가 묻는다.

"안 추워."

나는 대답한다. 그건 아직도 내게, 세상의 그 어떤 질문보다 슬픈 질문 같아, 하고 생각하며, 이미 어두워진 나뭇가지들을 향해 눈길을 돌린다.

장밋빛 인생

있잖아요, 선배, 난 '낭만'이라는 말을 들으면 '장밋빛 인생'이 떠올라요. 에디트 피아프가 불렀던 〈라 비 앙 로즈La vie en rose〉 말이에요. 우리 학교 다닐 때, 그 노래를 잘 부르던 아이가 있었죠. 기억나요? 그래요, 얼굴이 동그랗고 키가 자그마한, 불문과에 다니던 아이 말이에요. 비가 추적추적 내리는 날이면, 우리는 어설픈 포장으로 겨우 비바람만 막아놓은 작은 술집에 앉아서 그 아이의 노랠 듣곤 했죠. 막걸리 자국으로 얼룩진 탁자와 삐걱거리던 나무 의자도 기억나네요.

하지만 노래보다 먼저 떠오르는 건, 우리 학교 앞에 있었던 '장밋빛 인생'이라는 카페예요. '부르주아들이 전쟁 통에 비밀파티를 열 법한 곳'이라고 말한 건, 선배였나요, 나였나요?

눈을 뜨기도 힘들 만큼 강렬한 태양이 내리쬐던 무더운 여름

날, 우리 집 우편함에 동그마니 놓여 있던 선배의 엽서도 기억나요. 선배는 약간 기울어진 나른한 글씨체로 '장밋빛 인생에서 낭만과 감상의 차이에 대해 얘기하자'라고 썼죠. 그 약속은 끝내 지켜지지 않았지만, 난 벌써 수십 번이나 그곳에서, 선배와 그 이야기를 나눈 것처럼 여겨져요.

그리고 어느 날 불현듯, 그토록 단단해 보였던 현실이 한꺼번에 부서지면서, 몇 가지 소중한 코드들이 내 인생에서 사라져 버렸어요. 이 이야기가 더 이상 가슴 아프지 않은 건, 그 시절과 현재 사이에 수많은 시간의 벽들이 쌓여 있기 때문이겠죠. 지금 와서 내가 잃어버린 것들을 세세하게 이야기하고 싶진 않아요. 다만 선배에게 꼭 들려주고 싶은 이야기가 하나 있어요. 그건 그 시절 우리의 낭만에 관한 이야기고, 장밋빛으로 빛나던 우리의 젊음에 관한 이야기예요.

선배, 선배가 알지 모르겠지만 '장밋빛 인생'이라는 카페는 오래전에 사라졌어요. 그런데 난 얼마 전에, 그곳을 다시 발견했어요. 믿어져요? 글쎄요, 주인이 같은 사람인지 아닌지는 모르겠어요. 난 그 사람을 기억하지 못하거든요. 하지만 내가 발견한 새로운 '장밋빛 인생'에서, 난 주인과 이야기를 주고받게 되었어요.

입구는 아주 평범했어요. 지하로 이어지는 계단이 있었고,

그 끝에서 불빛이 흘러나오고 있었죠. 간판은 보지 못했어요. 하지만 안에서 흘러나오는 음악 때문에 그곳이 '장밋빛 인생'이란 걸 알게 되었어요. 난 조금 지쳐 있는 상태였어요. 약속은 깨어졌고 시간은 흘러넘칠 만큼 많았고 갈증이 났고 다리가 아팠던 것 같아요. 어디든 좋으니까, 잠시 쉬어갈 수 있는 곳이 필요했어요.

문을 열자, 따뜻한 기운을 머금은 바람이 불어왔어요. 난 어쩐지 안도하는 심정이 되어서 한숨을 내쉬고 주위를 둘러보았어요. 어둠에 익숙해지면서 그곳의 풍경이 차츰 눈에 들어왔어요. 중앙에 작은 바가 있고, 한쪽으로는 무대가 있었어요. 무대 위에는 몇 가지 악기들이 놓여 있었죠. 그리고 그가, 그러니까 그곳의 주인이라고 생각되는 한 남자가, 바 안쪽에 서서 미소를 지으며 나를 바라보고 있었어요. 난 얼떨결에 가볍게 목례를 했고, 남자는 쾌활한 목소리로 이렇게 말했어요.

"어서 오세요, 기다리고 있었습니다."

난 그다지 놀라지 않았어요. 어떤 약속이나 운명 같은 게 있다 해도 이상할 건 없다는 생각이 들었거든요. 남자는 바 안쪽에 놓인 의자에 앉으면서, 내게도 의자를 권했어요. 우리 사이에는 작은 꽃병이 하나 있었는데, 그 안에는 자줏빛 장미 세 송이가 꽂혀 있었어요. 아주 인상적이었죠. 한 송이는 아직 피지 않은 봉오리고, 한 송이는 활짝 핀 것이고, 또 하나는 이미 시든 것이었으니까요.

내가 꽃에 정신이 팔려 있는 동안, 남자는 손을 뻗어 가까운 선반에 놓여 있던 병 하나를 꺼냈어요. 길고 홀쭉한 유리병에는 자줏빛 액체가 들어 있었죠. 그는 마개를 따고, 글라스에 그 액체를 반쯤 채워서 내게 건넸어요.

"목부터 축이시죠. 우리 가게의 자랑 중 하나입니다."

유월의 장미 향기가 은은하게 풍겨 나오는, 약간 쓰고 약간 달콤한 맛의 술이었어요. 나는 잠자코 그가 권하는 대로, 술을 받아 마셨어요.

"우린 이걸 망각의 술이라고 부르죠. 그런 이야기 들어보셨죠? 이승에서 저승 가는 길에 주막이 하나 있고 할머니가 살고 있는데, 그 할머니가 내주는 술을 마시면 이승에서 있었던 일을 전부 잊어버린다는…."

남자는 잠시 나의 표정을 살피고 있었어요. 나는 뭔가를 잊어버렸는데 그게 뭔지 잘 모르겠는 사람처럼, 멍하니 잔을 들여다보고 있었죠. 그때 음악의 틈새를 비집고, 어디선가 작은 소리가 끼어들었어요. 누군가 의자를 끌어당기는 소리 같았죠.

"마리예요. 인형입니다. 앉고, 걷고, 춤추는 정도는 하죠. 기분이 좋을 때는 미소를 짓기도 합니다만… 마리?"

남자가 다정한 목소리로 마리를 불렀지만, 그녀는 무표정한 얼굴로, 아무런 움직임도 없이, 그대로 앉아 있었어요.

"지금은 그럴 기분이 아닌가 보군요. 십 년 전쯤, 가게 문을 닫고 밖으로 나갔더니 계단에 마리가 버려져 있었어요. 깨끗하게 씻겨서 데려다놓았는데, 여기가 마음에 들었는지 몇 달 후부터 혼자 움직이기 시작하더군요. 손님들이 다 이해심이 많은 편이라, 마리도 마음이 편했을 겁니다. 하지만 가끔 마리가 인형이라는 걸 믿지 않는 사람이 오면 꼼짝도 안 해요. 뭐 그런 손님들은 두 번 다시 여길 못 찾게 되니까, 다시 안 오죠. 지금은 낯선 사람 앞이라 경계하는 중인가 보군요. 같이 지낸 지 십 년이나 됐지만, 마리가 무슨 생각을 하는지는 잘 몰라요. 여자들은 원래 그렇잖아요."

남자는 웃으며 아무렇게나 늘어뜨려진 마리의 팔을 들어, 그녀의 무릎 위에 올려주었어요.

"가끔 마리가 친구들을 데려오기도 해요. 사람들은 오래된 인형을 무서워해서 내다버리기도 하거든요. 가장 나쁜 건 비 오는 날 버려지는 덩치 큰 곰 인형들이죠. 헌옷 수거함에도 안 들어갈 만큼 커다란 녀석들. 마리도 그게 마음에 걸렸던지, 비가 오는 밤이면 슬그머니 사라졌다가 그 아이들을 데리고 돌아와요. 그럼 같이 술이나 한잔 마시는 거죠. 마리, 지난주에 같이 왔던 녀석이 푸키였나? 그날 고마웠다고 어제 인사하러 왔던데. 근데 너 어젯밤에 또 밖에 나갔지? …어젯밤에 비가 왔죠? 다행히 버려진 녀석은 없었나보네."

남자의 말에, 마리가 희미하게 미소를 지었어요.

"기분이 좀 좋아졌나보군요. 인형들은 모든 걸 첫 번째 주인에게 배워요. 자신의 주인이 세계의 전부죠. 어리광 부리는 것, 조르는 것, 우는 것, 화내는 것, 슬퍼하는 것, 모든 걸 똑같이 배우는 거예요. 사랑하고 배신하는 방법까지. 아마 마리는 언젠가 저를 버리고 떠날 겁니다. 그게 첫 번째 주인한테 배운 거니까. 그런데 대단하죠? 십 년 전이나 지금이나 똑같은 모습이라니. 어떤 사람들은 마리 때문에 제가 여자를 못 만난다고도 하는데, 그럼 어때요. 사람보다는 인형이랑 같이 있는 쪽이 훨씬 덜 외롭거든요."

마리는 남자의 말에 긍정하듯, 혹은 부정하듯 몸을 비틀며 의자에서 일어났어요. 그리고 악기들이 어지럽게 널려 있는 무대 위로 올라가서, 스피커 앞에 앉았어요. 그녀의 부드럽지 않은 관절들이 그녀의 걸음걸이를 딱딱하게 만들었지만, 아무려면 어떻겠어요.

"마리는 저 자리를 좋아해요. 이 가게에서 제일 어두운 곳인데다가, 곧 밴드가 리허설을 할 시간이거든요."

남자는 한쪽 벽에 걸린 시계를 보았어요. 다섯 시를 막 넘어가고 있었죠. 그리고 잠시 후, 텅 빈 무대에서 삐익, 삐익, 하는 소리가 들리기 시작했어요. 밴드가 무대에서 공연을 하기 전, 튜닝을 하며 내는 소리 말이에요.

선배, 마음속에 그 풍경을 그려줘요. 어두운 지하의 어느 바, 악기들이 널려 있는 무대 위에서 보이지 않는 밴드가 연주를 하고 있어요. 앉고 걷고 춤추고 기분이 좋으면 미소를 짓기도 하는 인형 마리는 무대 한쪽에 쪼그리고 앉아 있고, 나는 바 한쪽에 매달리듯 앉아 어디를 보아야 할지 몰라서 당황하고 있어요. 그리고 그 남자가 있어요. 재미있다는 듯 빙글빙글 웃으며 나와 무대와 마리를 번갈아보고 있는 카페의 주인 말이에요.

"우리 가게의 명물이죠. 오 년쯤 전에 갑자기 나타났어요. 말 그대로 갑자기. 처음에는 신통치 않았는데, 그 사이에 실력이 꽤 늘었어요. 들어줄 만하죠? 절대로 모습을 드러내지 않아서, 손님들끼리 내기를 했어요. 모습을 드러내게 하는 사람의 소원을 하나 들어주기로 말이죠. 별의별 수단이 다 동원되고, 밤새 잠복한 사람까지 있었는데, 결국 한 손님이 해냈습니다."

남자는 바 아래의 선반에서 무엇인가를 꺼냈어요. 폴라로이드 카메라였죠. 대단한 비밀을 이야기하듯, 눈을 빛내며 그가 말했어요.

"바로 이거예요. 폴라로이드 필름에만 모습을 나타내요. 이걸 좋아하나 봐요. 다른 카메라로는 안 되거든요. 그런데 말이죠, 아주 재미있는 사실이 밝혀졌어요."

그는 몸을 돌려 텅 빈 무대를 향해 카메라의 초점을 맞추었어요. 찰칵찰칵, 소리가 나고 몇 장의 폴라로이드 필름이 카메라에서 빠져나왔어요. 잠시 후 사진 안에 밴드의 모습이 드러났어요. 기타를 치는 사람, 드럼을 치는 사람, 베이스를 치는 사람이 있었는데, 놀랍게도 모두 같은 사람이었어요.

"알고 봤더니, 팀이 아니라 한 명이었어요. 원맨밴드죠. 우리는 이 친구한테 폴이라는 이름을 붙여줬는데, 물론 폴라로이드의 폴입니다."

남자는 기분 좋은 웃음을 터뜨리고 무대를 향해 소리쳤어요.

"폴, 오늘 컨디션 좋은데!"

남자의 말에, 폴은 한층 신나게 드럼을 두드리고 베이스를 연주했어요. 빨라진 비트가 심장의 고동소리처럼 쿵쿵, 하고 울렸어요. 그러자 무대 한쪽에 앉아 있던 마리가 일어나더니 리듬에 맞추어 몸을 움직이기 시작했어요. 선배, 인형의 춤을 본 적이 있어요? 금방이라도 넘어질 것처럼 아슬아슬하고, 위태롭고, 그래서 아름다운 춤을.

"폴의 연주에 맞춰 춤을 출 수 있었던 건 처음엔 마리뿐이었어요. 마리의 귀에만 음악이 들렸던 거죠. 뭐 요즘에야 다들 폴한테 익숙해졌지만. 그런데 폴의 모습을 드러나게 한 그 손님의 소원이 뭐였는지 아세요? 소원이라기보다는 일종의 조건이었어요."

남자의 시선이 바 위에 놓인 꽃병으로 옮겨졌어요.

"장미 세 송이를 항상 꽂아둘 것. 그게 그 손님의 소원이었어요. 봉오리 하나, 활짝 핀 것 하나, 시든 것 하나여야 한다고 했죠. 별거 아닐 줄 알았는데 꽤 손이 많이 가는 일이더라구요. 장미가 워낙 까다롭잖아요. 그래서 손님들끼리 당번을 정했습니다. 돌아가면서 장미를 보살피는 거예요. 물론 물어봤죠. 왜 이런 게 소원이냐고요. 뭐 그렇게 대단한 이유는 아니었어요. 어떻게 하면 세상이 장밋빛으로 보이는지, 혹시 아세요? 간단해요. 장밋빛 선글라스를 끼는 거죠. 여기 오는 사람들은 모두 외롭거든요. 누군가의 친절, 누군가의 포옹, 누군가의 키스, 그런 걸 원해요. 꿈이나 마법 같은 거. 그리고 그걸 찾아서 돌아갑니다. 하지만 현실을 잊어버리면 안 되니까, 항상 시든 장미가 필요한 거죠. 인생이란 순식간에 끝나버린다는 걸 기억하기 위해서요."

남자의 마지막 말은 약간 슬프게 들렸어요. 하지만 그건 그저 나의 기분 탓이었을지도 몰라요.

"이제 손님들이 올 시간이군요."

남자는 낮고 힘찬 목소리로, 그렇게 덧붙였으니까요.

문이 열리고 닫히는 소리가 쉴 새 없이 들렸어요. 문을 통해 들어온 사람들은 내 눈에는 보이지 않았어요. 그러나 카페는 곧 사람들의 소음과 열기로 가득 찼어요. 남자가 손님들에게 서빙을 하느라 분주한 사이, 나는 혼자 자줏빛 유리병에 담긴 술을 몇 잔 따라 마셨어요. 취기는 없었지만, 온몸의 세포들이 제각각 자신들의 리듬에 맞추어 춤을 추고 있는 듯한 기분이었어요. 몇 잔째였을까, 남자가 가만히 나를 바라보고 있는 걸 느꼈어요. 그의 목소리도 들렸어요.

"여기는 이 세계에서 저 세계로 가는 길도 아니고, 망각의 술이라고는 해도 전부 잊어버리진 못하죠. 하지만 가까운 과거의 일 정도는 잊게 됩니다. 아마도… 이곳에 오게 된 이유 같은 거."

나는 뭐가 뭔지 모르는 채로 고개를 끄덕였어요. 폴의 밴드가 연주를 마쳤고, 마리는 어디론가 사라졌어요. 테이블 위에는 술병들, 컵들, 접시들이 어지럽게 널려 있었고 여기저기에서 속삭임 소리, 웃음소리가 들려왔어요. 그리고 〈라비 앙 로즈〉가 흐르기 시작했어요.

"다들 믿고 싶은 겁니다. 세상 어딘가에 장밋빛 인생이 있다는 걸 말이죠."

이상하게도, 남자가 그렇게 말했을 때 나는 울고 있었어요. 우리 사이에는 세 송이의 자줏빛 장미가 놓여 있었고, 그중 가장 아름답게 활짝 피어난 꽃은 막 한 장의 꽃잎을 떨어뜨리고 있었어요.

선배, 선배는 알고 있었나요? 인생이란 지켜지지 않는 약속들과 누구에게도 말할 수 없는 후환들과 순식간에 지나가버리는 아름다움으로 만들어진다는 것을? 그러나 어떤 노래는, 그토록 단단한 시간의 벽에 균열을 만들어 우리를 다시 한 번 불안하고 서러운 그 시절로 몰아가기도 한다는 것을?

노래하는 남자와 시를 쓰는 여자

운명적으로 그들은 만난다. 새가 날개를 파닥이듯, 운명은 날개를 파닥여 바람을 일으키고, 바람은 방심한 씨앗을 낯선 땅으로 데려간다. 섬초롱꽃, 참좁쌀풀, 병아리난초, 물질경이, 그리고 애기원추리가 흙 속에서 꼼지락거리고 있는 식물원이다.

아직 아무것도 시작되지 않은 겨울 한가운데다. 두 개의 벤치가 그곳에 놓여 있다. 왼쪽 벤치의 남자와 기타가 첫 번째 풍경이다. 오른쪽 벤치는 비어 있다. 오른쪽 벤치의 여자와 타자기가 두 번째 풍경이다. 왼쪽 벤치는 비어 있다. 이들이 동일한 풍경 안에 들어오는 것은 그다음의 일이다. 그 사이에 시간은 아주 빨리 흐를 수도 있고, 아주 느리게 흐를 수도 있다. 아무래도 상관은 없다. 두 사람은 어차피 만나게 되어 있으므로.

하나의 풍경 안에서, 왼쪽 벤치의 남자는 기타를 치고, 오른쪽 벤치의 여자는 타자기를 두드린다. 챙챙챙, 하는 기타 소리와 탁탁탁, 하는 타자기의 소리가 경쟁이라도 하듯 점점 높아지는 동안, 남자와 여자의 손가락 움직임이 빨라지는 동안, 씨앗들은 그 소리를 자장가 삼아 태평하게 잠들어 있다. 아직 아무 일도 일어나지 않은 흙 속은 평화롭다.

소리는 어느 순간 툭, 끊어진다. 팽팽하게 당겨진 실이 끊어지듯, 빛나는 청춘의 한 소절이 끊어지듯, 가파르고 날카로운 곡선을 타고 올라가다 추락한다. 먼저 움직인 것은 오른쪽 벤치다. 여자는 왼쪽 벤치로 다가가 남자에게 말을 건다.

"낡은 기타네요."

남자는 기타를 끌어안고 여자를 경계한다. 그러나 여자는 그런 반응을 예상했다는 듯, 혹은 남자의 반응 같은 건 아무 상관도 없다는 듯, 옆자리에 털썩 앉는다.

"요즘도 이런 기타가 있나?"

여자의 말은 남자를 당황하게 만든다. 그가 대답을 고르는 동안, 그녀는 남자의 품에 안긴 기타를 응시한다.

"얼마나 된 거예요?"

그 질문을 공격으로 받아들인 건 남자에게 찔리는 구석이 있기 때문이다.

"요즘 타자기 쓰는 사람도 있어요? 무슨 박물관에 온 줄 알았네."

퉁명스러운 남자의 말에 여자는 보이지 않는 것을 보려는 듯 눈을 가늘게 뜬다.

"소중한 건가 보죠?"

의외의 다정한 질문에 남자의 마음은 금세 흐물흐물 풀어진다. 뭐… 하고 말꼬리를 흐리는데 여자가 선뜻 덧붙인다.

"저도 그래요."

흐름을 바꾸려는 것처럼 바람이 두 사람 사이를 통과한다.

"무슨 사연인데요?"

이야기를 이어볼 마음이 든 남자가 질문의 방향을 튼다.

"통속적인 거죠."

여자의 대답은 간결하다.

"옛날 애인이 사준 거?"

그게 아니면 뭐겠는가. 남자는 핵심을 찔렀다고 생각한다.

"그래요? 기타 사주고 떠나갔어요? 옛날 애인이?"

웃지도 않고, 여자는 천진하게 되묻는다.

"나 말고, 그쪽 말입니다."

후끈 달아오르는 얼굴을 슬쩍 다른 곳으로 돌리고, 남자가 말한다.

"맞아요."

여자는 깔끔하게 인정한다.

"맞아요?"

남자는 왠지 맥이 빠진다. 그러고는 자신이 뱉은 말 위에 흙을 덮듯 중얼거린다. 타자기라니. 그게 도대체 언제 적 얘기야.

"십오 년쯤 전의 이야기죠."

어제 본 영화 이야기를 하는 것처럼, 여자의 목소리가 활기를 띤다.

"겨울이었어요. 난 그때 혼자 자취를 하고 있었는데, 밤늦게 그 사람이 찾아왔죠. 뭔가 무거워 보이는 걸 들고. 잠깐 들어오라고 했는데, 이것만 전해주러 왔다면서 금방 돌아갔어요. 눈이 펑펑 내리던 밤이었는데. 나중에 들은 거지만, 차가 끊어져서 집까지 걸어갔대요. 세 시간이나 걸려서. 그게 시작이었죠."

여자는 미소를 지으며 남자를 보고, 남자는 겸연쩍어져서 오른쪽 벤치를 쓸쓸하게 지키고 있는 타자기를 본다. 낡은 타자기다. 오랜 시간 동안 누군가의 손길에 의해 길이 든, 묵직하고 검은 타자기다.

운명적으로 그들은 쓸쓸하다. 쓸쓸한 남자와 쓸쓸한 여자, 쓸쓸한 기타와 쓸쓸한 타자기가 만나, 더욱 쓸쓸한 풍경을 그린다. 쓸쓸한 남자가 묻는다.

"왜 하필 타자기였어요?"

"시를 썼거든요."

"지금도?"

"한동안 못 썼죠."

"그 사람하고 헤어지고 나서?"

"꼭 그런 것만은 아니에요."

"얼마나 만났어요?"

"칠 년쯤?"

"길었네요."

"길었죠."

"난 오 년인데."

엉겁결에 남자는 자기 이야기를 해버린다. 이제 쓸쓸한 여자가 묻는다.

"기타, 선물 받은 거죠?"

"예."

"노래, 했어요?"

"예."

"지금은?"

"안 해요. 못 한다고 해야 하나."

"헤어지고 나서부터?"

"이 기타 사느라고 그 애는 한 달 동안 아르바이트를 했어요. 나중에 알게 된 거지만."

"그게 시작이었어요?"

"마지막이었죠."

"언제?"

"오 년쯤 전에."

두 사람의 시선이 타자기에서 기타로, 기타에서 다시 타자기로 옮겨간다.

"갑자기 며칠 전에, 생각이 나서, 다시 끄집어냈죠."

남자가 고백한다.

"저녁부터 새벽까지 비가 오던, 그날?"

여자가 고백한다.

"그날."

남자와 여자는 '그날'을 떠올린다.

"먼지가 잔뜩 쌓여 있고."

"줄은 녹이 슬고."

"잉크 리본은 끊어지고."

"튜닝도 안 되고."

"자판은 깨져 있고."

꿈에서 깨어나듯 머리를 흔들며 여자가 묻는다.

"집으로 돌아가는 게 너무 싫어서 밤새 걸어 다닌 적, 있어요?"

생각을 쫓아내듯 기지개를 켜며 남자가 대답한다.

"새벽까지 술집에 앉아 있었던 적은 있죠."

"좀 걷고 싶어요."

녹이 슬고 튜닝이 안 되는 기타와 리본이 끊어지고 자판이 깨진 타자기를 벤치에 놓아두고, 두 사람은 일어선다. 미련이 어린 눈길이 그 근처를 잠깐 맴돌다가 곧 사라진다. 낡은 기타와 타자기를 탐낼 사람은 없을 것이므로.

운명적으로 그들은 사랑한다. 운명적인 쓸쓸함과 운명적인 만남이 충돌하면, 그렇게 되지 않을 도리가 없다. 혼자였던 두 사람이 어깨를 나란히 하고 함께 걸으며 동일한 풍경을 보는 행위 안에서 사랑은 겁도 없이 고개를 치켜든다.

"섬초롱꽃, 참좁쌀풀, 병아리난초, 물질경이, 애기원추리… 이런 게 다 어디 있다는 거죠?"

아무것도 없는 땅에 꽂혀 있는 팻말을 하나하나 읽다가 여자가 문득 걸음을 멈춘다.

"땅속에."

남자의 대답은 이제 곧 사랑에 빠질 사람답지 않게 조금 무심하다.

"믿어져요?"

여자는 항의한다.

"팻말에 그렇게 쓰여 있으니까, 있겠죠."

충분하지 않은 설명이라고 여자는 생각한다. 친절할진 몰라도 재치는 없다고. 그래서 한 번 더 다짐을 놓아본다.

"섬초롱꽃이랑 병아리난초가?"

"그 씨앗이."

그게 뭐 그리 중요한가, 남자는 생각하지만 성실하게 정답을 되풀이한다.

"씨앗들은 다 비슷비슷하게 생겼는데, 어떻게 구별하죠?"

여자의 시선이 비딱해진다.

"방법이 있겠죠."

남자는 약간 지루하다. 왜 씨앗을 구별하는 방법 같은 것에 대해 고민해야 하는지, 알 수가 없다.

"사랑에도 팻말 같은 게 있으면 좋을 텐데."

눈치 빠른 여자는 이야기의 방향을 비틀어본다.

"무슨 팻말?"

"새로운 사랑을 시작하게 될 때는, 아무것도 모르잖아요."

겨우 납득이 간다는 얼굴로, 남자가 말한다.

"그래서, 어떤 꽃이 필지 미리 알면 좋겠다?"

"이렇게 팻말이 있어서, 여기서는 이런 꽃이 핍니다, 가르쳐주면."

여자는 그렇게 대답하고, 물끄러미 남자를 바라본다. 마치 남자의 얼굴에 팻말이 있기라도 하다는 듯.

"가르쳐주면? 맘에 안 드는 건 아예 싹을 못 틔우게 해요?"

질책을 받은 것 같아, 남자는 못마땅해진다.

"몰라요."

여자는 입술을 오므리고, 안 예쁜 꽃은 없는데, 하고 조그맣게 덧붙인다.

"그렇죠."

남자는 어깨를 으쓱하고, 이 화제가 더 이상 진전되지 않기를 바라며 맞장구를 친다. 둘 다 입을 다물고 오 분쯤 걸어갔을까, 여자가 다시 말을 꺼낸다.

"그런데 정말 믿어져요?"

"뭐가?"

"저 땅 안에 씨앗이 있고, 그 씨앗이 싹을 틔우고 꽃을 피울 거란 거?"

남자는 지긋한 시선으로, 무언가를 찾는 사람처럼 하늘을 바라본다.

"봄이 오고 있으니까요."

"봄은 오죠. 무슨 일이 있어도."

왠지 여자는 입을 앙다문다.

"봄에 헤어졌어요?"

슬쩍, 남자는 여자를 건드려본다.

"그 직전에."

"아직도 기대하고 있어요? 그 사람이 돌아올지도 모른다고?"

"오래전에 포기했죠. 그래도… 가끔 그런 생각 안 한다면 거짓말이죠."

여자는 순순히 인정한다.

"시를 다시 쓰기로 한 건가요?"

외줄 위를 위태롭게 걸어가는 기분으로, 남자는 묻는다.

"그쪽은?"

여자가 질문을 되돌려놓는다.

"모르겠어요. 곡을 만들 수가 없어서."

"우리, 이렇게 하면 어때요?"

여자의 목소리가 한 톤 높아진다.

"어떻게?"

"그쪽이 만들었던 곡들, 들려주면 내가 그걸 시로 쓸게요. 그리고 내가 쓴 시들, 노래로 만들어줘요."

남자는 생각에 잠긴다. 신중한 침묵이 두 사람 사이를 파고들었다가, 흩어진다.

"좋은 생각일까요?"

남자가 묻는다.

"어쩌면 조금 덜 쓸쓸해질지도 모르잖아요."

손에 쥐고 있던 것이 떨어지듯, 툭, 하고 여자의 생각이 떨어진다.

"잠이 안 오는 밤에는… 새벽까지 쓰고…"

"부르고."

"어차피 그들은 우리한테…"

"돌아오지 않을 거니까."

두 사람은 걸음을 다시 멈추고 서로를 바라본다.

"너무 지쳤어요."

마침내 여자가 인정한다.

"나도, 그래요."

마침내 남자도 인정한다. 축이 기울어지듯, 여자가 남자에게로 기울어진다. 마음을 맞대려는 듯, 두 사람은 서로를 마주 껴안는다.

운명적으로 그들은 헤어진다. 운명이 만들어낸 운명적인 사랑은 운명적인 이별을 맞이할 수밖에 없으므로. 기타와 타자기가 놓인 벤치로 돌아왔을 때, 사랑은 벌써 길을 떠날 준비를 하고 있다.

"생각해봤는데…."

남자의 기타를 만지작거리던 여자가 먼저 입을 연다.

"난, 언젠가 이 기타가 싫어질지도 몰라요."

"나도…."

여자의 타자기를 쓰다듬던 남자가 말을 받는다.

"언젠가 이 타자기가 보기 싫어지겠죠."

"하지만 난 타자기를 버릴 순 없어요."

슬프고 화가 난 얼굴로, 여자가 말한다.

"알아요, 나도 그러니까."

분하고 절망적인 얼굴로, 남자가 말한다.

"그럼, 우린 싸우게 될 거예요."

"결론도 나지 않는 싸움을 되풀이하겠죠."

결론은 이미 내려졌다. 여자는 자리에서 일어나 오른쪽 벤치에 있는 타자기를 품에 안는다.

"팻말이 보였나요?"

남자가 묻는다. 여자는 대답 없이 등을 돌린다. 노래하고 싶은 여자가 멀어질 때까지, 시를 쓰고 싶은 남자는 그 자리에 그대로 앉아 있다.

다음날 또는 다른 날, 식물원에 나란히 놓인 두 개의 벤치 중 왼쪽 벤치에, 기타를 든 남자가 앉아 있다. 오른쪽 벤치는 비어 있다. 다음날 또는 또 다른 날, 오른쪽 벤치에 타자기를 든 여자가 앉아 있다. 왼쪽 벤치는 비어 있다.

봄이 오고 씨앗들은 눈을 떴다. 섬초롱꽃, 참좁쌀풀, 병아리난초, 물질경이, 그리고 애기원추리가 조그만 싹을 틔우고, 세상에 단 하나뿐인 예쁜 무엇이 되기 위해 서두르고 있다.

노래하는 남자와 시를 쓰는 여자는 두 번 다시 만나지 못한다. 두 번 다시 노래하지 못하고, 두 번 다시 시를 쓰지 못한다.

일찌감치 팻말을 보여준 운명 때문에. 혹은 팻말을 보았다고 믿었던, 그들의 지나친 현명함 때문에.

나의 작고 푸른 요정

끝이 보이지 않는 계단을 한 남자가 힘겹게 오르고 있다. 정장 차림을 한, 삼십 대 중반의 남자다. 손에는 네모반듯한 서류 가방을 들고 있다. 잠시 걸음을 멈추고 숨을 몰아쉬며, '도대체 어디까지 올라가야 하나?'라는 표정으로 그는 위를 올려다본다. 여름의 들척지근한 바람이 남자의 어깨를 가볍게 스쳐 지나간다. '그래도 올라가는 수밖에 없겠지', 그는 생각한다.

남자가 다시 걸음을 떼려는 순간, 계단을 타고 공 하나가 떼구르르 굴러온다. 뒤이어 한 아이가 뛰어내려오더니, 남자의 코끝을 통과하여 아래를 향해 곤두박질친다. 그가 헛, 하는 비명을 삼키기도 전에, 공을 손에 든 아이가 돌아온다. 몸집은 작지만 어딘지 어른스러운 구석이 있고, 나이는 열 살 남짓 되어 보인다. 얼핏 보기에는 남자 아이 같은데, 자세히 보면 여자 아이다. 자신의 눈을 의심하며, 남자는 아이를 빤히 바라본다. 아이도 남자를 마주 본다. 그 눈빛이 너무나 당돌하여, 남자는 아이가 들고 있는 공으로 눈길을 돌린다.

"어디까지 갔다 온 거야? 정말 빠르네…."

남자는 말을 걸어보지만, 아이는 아무 대답이 없다. 어색해진 남자는 몸을 돌려 계단 위를 보고, 한숨을 쉬고, 걸음을 뗀다. 그때, 갑자기 아이가 입을 연다.

"아저씨."

남자가 돌아본다.

"아저씨 눈에는 제가 보여요?"

의아한 표정을 한 남자에게, 아이는 다시 한 번 말한다.

"제가 보여요?"

"당연히 보이지."

남자는 고개를 갸웃거린다.

"제가 몇 살쯤 되어 보여요? 남자 아이 같아요, 여자 아이 같아요? 뭘 입고 있어요? 제가 손에 들고 있는 것도 보여요?"

남자는 문득 화가 난다. 아이가 자신을 놀리고 있다고 생각한다. 하지만 아이의 표정은 진지하다. 그가 아무 말도 못하고 있자, 아이는 들고 있던 공을 남자에게로 휙, 던진다. 남자는 얼떨결에 그걸 받는다.

"진짜네."

"뭐가?"

아이를 상대로 화를 낼 수는 없어서 남자는 다시 묻는다.

"전 요정이거든요. 아저씨가 절 볼 수 있다니, 신기해요."

"그거, 무슨 놀이냐?"

남자는 나무라듯 아이를 바라본다.

"아저씨, 저 아래에서 올라왔죠? 여기까지 오는 데 한참 걸렸죠? 공 한번 던져보실래요? 저 아래로."

같이 놀아달라는 건가, 에라, 모르겠다, 하고 남자는 공을 던진다. 툭, 툭, 툭, 하고 계단에 부딪쳐 튕겨 오르면서, 공은 빠른 속도로 굴러 내려간다. 아이도 또르르, 계단을 달려간다. 공을 손에 들고 돌아온 아이의 얼굴에는 땀 한 방울 나지 않는다. 숨이 가쁜 기색도 없다.

"시간, 쟀어요?"

남자는 그제야 시계를 본다. 그러나 시계 같은 걸 보지 않아도, 아이가 믿을 수 없을 만큼 빠른 속도로 내려갔다 올라온 것을 이미 알고 있다. 믿을 수 없을 만큼, 정도가 아니라 절대로 불가능할 만큼.

"아저씨, 어디 가세요?"

아이가 묻는다.

"저기, 계단 위."

남자는 이상한 힘에 압도당하여 순순히 대답한다.

"거기 가면 뭐가 있는데요?"

"넌 거기서 오지 않았니?"

"맞아요. 그런데 사람마다 다르거든요."

"뭐가?"

"계단 끝에서 만나는 풍경요."

"넌 뭘 봤는데?"

"잊어버렸어요. 우린 그런 거 오래 기억하지 않거든요."

아이의 말을 어떻게 받아들여야 할지 몰라서, 남자는 잠시 침묵한다.

"아저씨는 뭐 하는 분이세요?"

"세일즈맨."

"세일즈맨?"

"그래. 뭔가를 팔러 다니는 거야."

"뭘 파는데요?"

"자동차."

"많이 팔았어요?"

"…아니."

아이가 들고 있던 공을 남자에게 내민다.

"던져보세요, 위로."

남자가 던진 공은 얼마 올라가지 못하고 다시 내려온다. 굴러 내려오는 공을 가까스로 잡은 그에게, 아이가 말한다.

"한 번 더."

남자는 다시 한 번 더 던져보지만, 결과는 마찬가지다. 아이는 정말 이상하다는 듯이, 이해할 수 없다는 듯이 남자를 본다.

"아저씨는 뭔가 되고 싶은 게 없어요? 소원이 뭐예요?"

"네가 소원을 들어주기라도 한다는 거니?"

"아뇨. 그런 건 못 해요. 그냥 궁금해서요."

남자는 피식 웃으며 대답한다.

"복권에 당첨되는 거."

아이는 조금 실망한 표정으로 말한다.

"그래요? 어릴 때는요?"

"어릴 때?"

"아주 어릴 때. 최초의 소원 같은 거요."

남자는 생각에 잠겨 공을 만지작거린다.

"아, 기억났다. 최초의 소원…."

"뭔데요?"

아이가 반갑게 묻는다.

"손가락이 길어지는 거…."

그렇게 말하고 나자, 왠지 온몸에서 힘이 빠진다. 남자는 계단에 풀썩 주저앉는다. 아이도 조그맣게 몸을 말고 남자 곁에 붙어 앉는다.

"손가락이 길어지는 게 소원이었어요? 왜요?"

“피아노를 쳤거든. 도에서 도까지 닿지 않아서 힘들었어. 그래서 손가락이 길어졌으면 좋겠다고 생각했는데….”

아이는 남자의 손바닥에 자신의 손바닥을 대본다.

“충분히 길어졌네요. 공도 한 손으로 잡을 수 있겠어요.”

남자는 자신의 손가락을 한껏 뻗어본다.

“공을 던지는 거랑 이거랑 무슨 상관이 있는 거야?”

“공은 마음 같은 거예요.”

“마음?”

“벗어나지 못하는 거예요, 이 계단에서.”

남자는 생각에 잠기지만, 아이의 말을 이해할 수 없다.

“나도 한 가지 물어보자. 네가 정말 요정이라면 왜 내 눈에 보이는 거지?”

남자가 묻는다.

“저도 처음엔 몰랐는데 지금은 알 것 같아요. 아저씨를 도와주기 위해서인가 봐요.”

“네가 나를 돕는다고? 어떻게? 아니, 왜?”

“벗어나지 못하고 있잖아요. 이 계단에서.”

남자는 아이를 멍하니 본다.

“그래서 어떻게 됐어요?”

아이가 다시 묻는다.

“뭐가?”

"피아노. 잘 치게 됐어요? 손가락이 길어져서?"

남자는 다시 손가락을 살펴본다.

"피아노 같은 건 관뒀어. 오래전에."

더 이상 생각하기 싫다는 듯 고개를 흔들며 남자는 자리에서 일어선다.

"네가 뭘 도와줄 수 있다는 거야?"

"아까는 그렇게 생각했는데, 안 될 것 같아요."

아이가 말한다.

"그렇지? 손가락이 길어졌다고 해서 피아노를 잘 치게 되는 건 아니니까."

남자는 아이를 남겨두고 계단을 올라간다. 아이는 아무 말도 없이, 그의 뒷모습을 바라본다.

"넌… 누구지?"

몇 계단 올라가다 다시 내려온 남자가 아이에게 묻는다.

"전 아저씨의 미련이에요. 아저씨의 후회이기도 하구요."

아이는 공을 감싸 안고 남자를 빤히 본다. 그때 계단 아래에서 어린 꼬마들의 소리가 들린다. 가위바위보, 가위바위보.

"저 놀이 알아요?"

아이가 묻는다.

"알아, 가위바위보를 해서 이긴 사람이 계단을 오르는 거지?

가위로 이기면 두 계단, 바위는 다섯 계단, 보는 열 계단….”

아이와 남자는 꼬마들을 가만히 본다. 한 꼬마는 계속 계단을 오르고 한 꼬마는 계속 뒤쳐진다.

“넌 세상이란 걸 모르지? 요정이니까.”

혼잣말처럼 남자가 중얼거린다. 아이는 대답하지 않는다. 두 꼬마의 거리는 점점 멀어진다.

“이기지 않으면 아무 데도 올라갈 수가 없어. 언제까지나 그 자리에 서 있어야 하지.”

그때 뒤쳐져 있던 꼬마가 갑자기 으앙, 하고 울음을 터뜨린다. 벌써 이만큼 올라온 꼬마가 깜짝 놀라 다시 내려간다. 잠시 후 두 꼬마는 사이좋게 손을 잡고, 남자와 아이의 곁을 지나 계단을 하나하나 밟아 올라간다. 꼬마들이 사라진 후, 남자가 말한다.

“공, 한 번만 더 던져볼 수 있을까?”

아이가 남자에게 공을 건네자, 남자는 계단 위로 힘차게 던진다. 공은 돌아오지 않는다.

“무슨 생각했어요?”

아이는 기쁜 표정으로 남자에게 묻는다.

“별로. 이 일은 계속할 거야. 돈은 벌어야 하거든.”

“그래요?”

“그리고… 내일부터 다시 피아노를 배워야지, 생각했어.”

아이는 방긋 웃으며 말한다.

“이제 난 아저씨의 내일이에요. 먼저 가서 기다릴게요.”

아이는 계단을 오르더니, 순식간에 사라진다. 남자는 수줍은 미소를 띠고, 아이의 뒤를 따라 한 걸음씩 계단을 오르기 시작한다.

다들 믿고 싶은 겁니다.

세상 어딘가에
장밋빛 인생이 있다는 걸 말이죠.

인터뷰

사랑에 관한 글을 쓸 때, 또는 사랑에 관한 이야기를 만들 때마다 나를 괴롭히는 질문이 하나 있다. 도대체 그들은 왜 사랑에 빠졌나?, 라는 것이다. 그렇게 많은 사람들 중에서 하필이면 그 또는 그녀를 사랑하게 된 계기는 무엇이며, 어째서 별다른 의심도 없이 그것이 사랑이라고 믿게 되는 것이며, 그 모든 고통을 감수하고 사랑을 지키려 드는 건지 나는 정말 알 수가 없다. '서로 사랑해야 할 운명' 같은 것이 있을지도 모른다. 그러나 그 운명의 신호를 어떻게 알아차리는 것일까. 그것도 그렇게 갑자기, 불현듯, 성급하게 들이닥치는 신호를.

오래전부터 많은 사람들이 이와 같은 문제로 머리를 싸맸을 것이다. 그리고 머리를 싸맸던 사람들의 대부분은 납득할 만한 대답을 찾지 못했을 것이다. 그리하여 큐피드의 화살이라거나 사랑의 묘약처럼 얼토당토않은 이야기를 만들어냈을 것이다. 그런데 이 터무니없는 가설은 터무니없게도 '갑자기, 불현듯, 성급하게, 아무 이유도 없이'라는 사랑의 특성을 고스란히 간직하고 있다.

그리하여 어느 날, 세상의 모든 책과 영화로부터 사랑의 시작에 대한 답을 얻고자 노력하던 나는, 그 수많은 사람들과 마찬가지로, 사랑이란 예상치 못한 방향에서 날아드는 화살처럼, 또는 강제로 삼켜버리게 된 약처럼, 갑자기 또 아무 이유도 없이 파고들어오는 것이라는 결론을 내렸다. 그로부터 며칠 후, 난 모처럼 가벼운 마음으로 외출을 했고, 예쁜 카페에서 카푸치노 한 잔을 마시기로 했다.

갓 뽑아낸 커피의 짙은 향기가 카페를 가득 채우고 있었다. 커다란 유리창을 넘어 들어온 신선한 봄의 햇살이 빈자리마다 내려앉았다. 나는 폭신하고 넓은 소파를 차지했다. 아, 기분 좋아, 라는 소리가 저절로 흘러나오는 바람에 약간 당황한 나는, 누가 들어버린 건 아닌가 하고 주의를 둘러보았다. 혼잣말을 한다는 건 어찌 되었거나 좀 창피한 일이니까.

그때 그와 눈이 마주쳤다. 어디에서나 볼 수 있는 평범한 얼굴, 평범한 체격, 평범한 옷차림을 한 남자였다. 그 평범한 남자는 평범한 눈빛으로 나를 잠시 보다, 테이블 위에 펼쳐진 책으로 시선을 옮겼다. 휴우, 안도의 한숨을 다 내쉬기도 전에, 나는 그의 미소를 보고 말았다.

이런, 맙소사, 라는 기분이었다. 전혀 평범하지 않은 미소였다. 어째서 그렇게 평범한 사람이 그런 미소를 짓는 건지 이해할 수가 없었다. 속았다는 기분이 들어서 화가 날 지경이었다. 화를 가라앉히기 위해, 나는 카푸치노를 주문했다. 그리고 평범하기 짝이 없을, 조금도 특별하지 않을 그의 정체를 밝혀내기 위해 그를 주시했다.

그가 고개를 들었다. 그러나 다행히도 나와 눈이 마주치진 않았다. 그는 창밖을 바라보고 있었다. 좀 더 정확하게 말하자면 창밖으로 보이는 길에서 부지런히, 뛰다시피 걸어오고 있는, 삼 초에 한 번씩 시계를 들여다보는, 커트 머리를 한, 키가 작은, 스물넷에서 다섯 정도 되어 보이는 한 여자였다. 기다리고 있던 사람인가? 어떤 사이일까?, 라는 생각을 미처 하기도 전에 남자는 자리에서 일어나 화장실이 있는 쪽으로 걸어갔다.

커트 머리의 여자는 그가 자리를 뜬 직후에 카페에 들어섰다. 숨이 가쁜 탓인지 얼굴이 빨갛게 달아올라 있었다. 여자는 좀 지나치다 싶을 만큼 두리번거리더니, 만나기로 한 사람을 찾지 못한 듯 안도와 실망이 담긴 한숨을 쉬었다. 그때 남자가 돌아왔다. 손수건으로 손에 묻은 물기를 닦으며 걸어온 남자는, 아무 망설임도 없이 여자에게로 다가갔다. 내 쪽으로 등을 돌리고 있었기 때문에 표정은 보이지 않았지만, 예의 그 평범하지 않은 미소를 여자에게 지어 보인 듯했다. 여자의 얼굴이 다시 빨개졌기 때문이다.

"늦어서 죄송합니다."

여자가 말했다.

"앉으세요."

남자가 말했다. 나는 정말로 화가 나서, 카푸치노를 한 번에 다 마셔버리고, 한 잔을 더 시켜야 했다. 그의 목소리는 전혀 평범하지 않았다. 그러니까, 그 목소리는, 말하자면, 완벽하게 나의 취향이었다.

두 번째 카푸치노를 마시면서 나는 그들의 관계를 비교적 정확하게 알게 되었다. 카페는 조용했고, 손님은 그 두 사람과 나밖에 없었으며, 남자의 발성과 발음이 몹시 훌륭했기 때문이다. 여자는 내가 한 번도 들어본 적 없는, 어느 잡지사의 기자였다. 본인이 그렇게 말을 한 건 아니지만, 고작해야 한두 달 전에 이 일을 시작한 듯했다. 여자는 약속 시간에 늦어버려서 어쩔 줄 몰라 했지만, 남자는 평범하지 않은 미소와 목소리를 무기로 이용하여 약 십 초 만에 기자를 안심시켰다.

"질문을 시작하겠습니다."

기자는 테이블 위에 녹음기를 올려놓고 질문지를 꺼냈다.

"우선 첫 번째 질문인데요, 애인이 몇 명쯤 되시나요?"

잠시 침묵이 흘렀다.

"앗, 죄송합니다. 제가 처음부터 실례되는 질문을…."

기자의 당황한 목소리가 그 침묵을 깼다.

"아닙니다. 지금은 일곱 명입니다."

남자는, 그러니까 너무나 평범한 외모를 가진, 하지만 화가 날 정도로 특별한 미소와 목소리와 일곱 명의 애인을 가진 그는, 내가 한 번도 들어본 적 없는 어느 잡지사가 선정한 '이달의 남자'였다. 그 잡지사의 편집장은 '모든 여자를 사랑하는 남자' 따위의 타이틀을 뽑겠지, 나는 생각했다. 나도 편집장이니까, 그 정도는 짐작할 수 있다.

"…그리고 타이밍보다 중요한 건 리듬입니다."

남자가 말했다. 그런데 커트 머리의 신입기자는 흐름을 전혀 타지 못하고 있었다. 앵무새처럼 가지고 온 질문지의 질문들만 읊을 뿐이었다. 그래도 남자는 짜증 한 번 내지 않고, 그의 생각을, 그의 가치관을, 그의 신념을, 그의 삶을 들려주고 있었다.

"두 사람이 만들어내는 리듬을 제대로 타는 것이 중요합니다. 실전으로 습득할 수도 있고, 드물지만 그런 능력을 타고나는 사람도 있습니다. 물론 저는 드문 케이스에 속합니다만. 대부분의 사람들은 한 번 타이밍을 놓치고 나면 초조해져서, 성급하게 다른 방식을 시도하려고 합니다. 그게 실패의 원인입니다. 하지만 리듬을 잘 이해하면, 타이밍이란 다시 돌아오게 되어 있습니다."

"다음 질문인데요, 죄책감을 느끼신 적은 없나요?"

기자가 말했다. 여기서 이야기를 좀 더 깊이 끌고 가야지, 나는 속으로 그녀를 탓하며, 남자의 대답에 다시 귀를 기울였다.

"동시에 여러 여자들을 만나는 것에 대한 죄책감을 말씀하시는 것 같은데… 그런 건 없습니다. 저는 모든 여자들을 똑같이, 진심으로 사랑하니까요. 사랑이란 일방통행이 아닙니다. 저는 그들을 사랑하고, 그들은 저를 사랑합니다. 그러니까 이건 정당한 거래입니다."

"다음 질문입니다. 처음에는 어떤 식으로 접근하나요?"

남자의 말을 듣고 있긴 한 건지 의심스러운, 스물넷에서 다섯쯤 되어 보이는 여자가 질문지를 펄럭거리며 말했다. 나는 약간 긴장했다. 이건 다시 말해, '사랑은 어떻게 시작되는가'에 관한 질문이다. 물론 질문을 하고 있는 기자는 모를 테지만.

"누군가를 사랑하는 일은 굉장히 간단합니다."

질문의 의도를 정확하게 파악한, 아니 내 생각을 정확하게 파악한 남자가 대답했다.

"모든 사람은 사랑할 준비가 되어 있습니다. 지금은 그럴 때가 아니라고 하면서 사랑에 빠지는 것을 경계하는 사람일수록 더욱 쉽게 사랑에 빠지게 됩니다. 경계를 한다는 것은 그만큼 의식을 하고 있다는 거니까요. 아주 단순한 계기만 있으면 사랑은 시작됩니다. 예를 들어 누군가를 처음 만나는 자리라고 합시다. 오늘 같은 경우 말이죠. 전 약속 시간보다 일찍 나옵니다. 가능하면 약속 장소는, 안에서 밖이 내다보이는 곳을 택합니다. 상대가 걸어오는 것을 볼 수 있도록. 제가 만나는 사람들은 다행히 모두 여자들이니까, 대체로 약속 시간보다 조금 늦게 옵니다. 너무 일찍 나와서 기다리고 있는 모습을 보이고 싶어 하지 않으니까요. 저는 먼저 와서 기다리다가, 그쪽이 들어오기 직전에 자리를 피합니다. 상대가 들어와서 저를 찾습니다. 아직 안 온 건가, 장소나 시간을 잘못 알았던 건가, 기다리다가 간 건가, 하고 조금 불안해합니다. 불안과 초조는 사랑이 시작될 때의 감정이기도 합니다. 약간의 사이를 두고 상대를 안심시킨 다음, 사소한 무관심과 의외의 호기심, 적절한 농담과 그 속에 숨겨놓은 진심, 이런 것들을 잘 이용해서 리듬을 만들어냅니다. 그걸로 나는 이 사람과 사랑에 빠졌다, 라고 믿게 할 수 있습니다."

기자는 뭐가 뭔지 하나도 모르겠다는 표정으로 남자를 빤히 보다가, 다시 질문지를 들여다보았다.

"그럼, 마지막 질문인데… 선생님의 애인들은 선생님을 독점하지 못한다는 것에 대해 불만이 없나요?"

"자신이 일곱 명 중 한 사람이라는 것을 알고 있는 사람도 있고 모르는 사람도 있습니다. 어떤 여자들은 자신이 유일한 연인

이어야 한다고 생각합니다. 또 어떤 여자들은, 상대에게 여러 여자가 있다는 걸 알면서도, 그중에서 자신이 가장 소중한 존재기만 하면 그것으로 만족합니다. 두려워서 아무것도 묻지 못하는 여자들도 있습니다. 전 그들 나름대로의 방식을 존중해주고, 그들이 원하는 대로 해줍니다. 그들이 생각하는 사랑은 그런 것이니까, 다들 만족합니다."

"시간 내주셔서 감사합니다."

기자가 말했다.

계산을 하고 카페를 나오려다, 나는 잠시 망설였다. 남자가 읽던 책을 테이블 위에 두고 나갔기 때문이다. 그는 어떤 책을 읽고 있을까, 궁금해진 나는 제목을 확인하기 위해 손을 뻗었다. 그 순간, 남자가 카페로 다시 들어왔다.

"좀 빤한 수법이죠?"

내 손에서 책을 건네받으며, 남자가 말했다. 확실히 속이 들여다보이는 수법이지만, 그런 미소를 지으며 그런 목소리로 말하면 전혀 빤하지 않다. 그 때문에 나는 다시 화가 났다.

"줄곧 이야기를 듣고 있었죠? 만족스러운 인터뷰는 아니었을 텐데요. 저도 그랬지만."

그렇게 나온다면, 이쪽에서도 제대로 된 질문을 던져줄 마음이 생기지, 나는 생각했다. 재고 달아볼 것도 없이, 그와 나는 의

기투합하여 근처에 있는 술집으로 자리를 옮겼다.

"헤어질 땐 어떻게 하나요?"

그것이 나의 첫 번째 질문이었다.

"사랑의 방식이 모두 다르듯이, 헤어지는 방식도 다 다르죠. 각자가 원하는 이별의 모습이라는 게 있습니다. 자기가 먼저 차는 건 몰라도 차이는 건 죽어도 싫다는 사람한테는 헤어지자는 이야기를 먼저 하게 해줘야죠. 악역은 싫고 불쌍한 여자가 되고 싶어 하는 사람도 있습니다. 그럼 이쪽에서 얘기를 해줘야 해요."

그의 목소리를 음미하기 위해 약간의 포즈를 둔 다음, 나는 질문을 이어갔다.

"본인이 상처를 받는 경우도 있지 않나요?"

"있죠."

"그럴 땐 어떻게 하세요?"

"글쎄요."

"다른 사람을 만나나요?"

"그럴 때도 있고, 아닐 때도 있습니다."

대화는 리듬을 타기 시작했고, 나는 그 기세를 몰아가기로 했다.

"상처를 받게 될 거란 걸 알면서 왜 헤어지는 거죠? 정말 사랑하는 사람과는 헤어지고 싶지 않잖아요?"

놀랍게도, 그는 침묵했다.

"정말 사랑했던 사람은 없었나요?"

나는 진지하게 궁금했고, 그 진지함이 그에게 통하리라는 걸 알고 있었다.

"별로… 재미있는 이야기는 아닐 텐데요."

"재미로 듣고 싶은 게 아니에요."

"그럼 왜 듣고 싶은 거죠?"

"알고 싶어요."

"나에 대해서?"

나는 솔직하게 고개를 끄덕였다.

"그 사람에 대해 알고 싶다, 아무도 모르는 비밀을 듣고 싶다…. 그런 게 시작이죠."

"그런 이야기는 이제 됐어요. 아까 충분히 들었으니까, 지금은 제대로 얘기해줘요."

"상처 같은 건 받지 않아요. 그렇게 되기 전에 헤어지니까."

분위기를 환기하기 위해, 나는 다시 한 번 포즈를 두었다가, 못을 박았다.

"솔직하지 못하네요."

"솔직한 얘기예요."

"자기감정에 솔직하지 못해요."

그가 내 말을 받지 않아, 나는 야멸친 말을 덧붙였다.

"결국 속이고 있는 거네요. 일곱 명이나 되는 애인들을 말이에요."

"속인 적은 없습니다."

"하지만 그건 사랑이 아니잖아요."

"전 그들이 원하는 걸…."

안됐지만, 그를 몰아갈 수밖에 없었다.

"상대방이 원하는 걸 채워주기만 하는 건 사랑이 아니에요. 그걸 받는 사람도 그게 사랑이 아니라는 걸 느낄 거예요. 목적이 뭐죠?"

"…굳이 말하자면, 그래도 사랑이죠."

"사랑하고, 사랑받는 거?"

그는 미소를 지으려고 했지만, 딱딱한 표정을 풀지 못했다.

"왜 진짜 사랑을 찾으려고 하지 않아요?"

"글쎄요, 습관이 되어버렸나 보죠."

"습관?"

"너무 오랫동안 이렇게 살다 보니까, 내가 어떤 사람인지 모르게 되어버렸거든요. 언제나 다른 사람한테 맞춰서 살아왔으니까."

"왜 그런 식으로 살아요?"

예기치 않게, 그가 웃음을 터뜨렸다.

"원래의 내 모습을 사랑할 수 있는 사람은 아무도 없을 테니까요.”

이게 내가 원하던 대답이었을까? 하지만 주도권은 분명히 내게 있다고 확신하며, 나는 질문을 이어갔다.

“자신이 싫으세요?”

“…네.”

“만약 사랑에 대한 백 가지 이야기가 있는데, 그중 아흔아홉 개가 오답이고 하나가 정답이라면….”

“지금까지 난 계속 오답만 찾아낸 거죠.”

“하지만 그만큼 정답을 찾아낼 확률은 높아진 거죠.”

“그럴지도 모르지만, 사랑이란 수학 공식 같은 게 아니니까요.”

“그런 생각을 했다는 건, 점점 정답에 접근해가고 있다는 거 아닌가요.”

그가 고개를 숙였다.

“몹시 혼란스럽군요….”

내 입가에 자랑스러운 미소가 떠올랐다. 그가 정말로 혼란스러워 보였기 때문이다. 하지만 잠시 후, 그가 천천히 입을 열었을 때, 나는 그가 만들어낸 혼란에 완전히 빠져버렸다. 그는 약간 주저하면서, 그러나 조금도 더듬거리지 않고, 주어진 시나리오로 연기를 하는 배우처럼, 이렇게 말했다.

“어떤 사람에게서, 지금까지와는 전혀 다른 모습을 끌어낼 수 있는 능력을 자신이 갖고 있다고 느끼는 것, 또는 잘못된 것을 바로잡고 그의 인생까지 구원할 수 있는 유일한 사람이 자신이라고 느끼는 것, 매력적이고 똑똑한 여자들이 쉽게 빠질 수 있는 함정이지만, 그런 걸로 사랑을 시작하는 경우도 있다는 거, 모르진 않죠?"

이런, 맙소사, 라고 나는 생각했다. 하지만 더 이상 화는 나지 않았다.

리허설

이별이란 흔히 생각하는 것처럼, 사랑이 끝난 후에 오는 것이 아니다. 사랑이 막 시작될 때, 사랑이 그 정점을 향하여 솟구칠 때, 또한 사랑이 내리막길로 미친 듯이 치달을 때, 심지어 사랑이 미처 시작되기도 전에, 그 모든 순간마다 존재하고 순간과 순간 사이에 존재한다. 만약 이별이란 것이 얌전히 자기 차례를 기다렸다가 사랑이 끝난 후에 찾아오는 것이라면, 우리를 그토록 아프게 할 리가 없다.

어떤 이별은 따뜻한 봄의 햇살 속을 날카롭게 통과하는, 또한 풀어헤친 방심한 옷깃 속을 파고드는, 남아 있는 겨울과 같다. 매 순간 이별을 느끼기 때문에 사랑이 애틋하고 눈물겨운 것이고, 사랑이 그토록 소중하기 때문에 이별 또한 하나의 가슴을 충분히 망가뜨릴 만큼 잔인한 것이다. 하지만 그것이 이별의 전부는 아니다.

이별은, 이별 후에도 온다. 완전히 이별한 거라고 생각한 다음, 그 이별에 대해 까맣게 잊고 살아가는 날들이 무수하게 반복된 후에도, 이별은 새삼스럽게 그 모습을 드러낸다. 이후에 오는 이별은 최초의 이별처럼 즉각적인 아픔을 동반하지는 않지만, 더욱 잔인할 수도 있다. 그래도 그 속에는 역설적인 아름다움이, 이를테면 겨울 속의 따뜻함 같은 것이 있다. 이것은 아름다워서 잔인하고, 잔인해서 아름다운 어느 이별에 대한 이야기다.

"너를 얻기 위해서라면 모든 걸 버릴 수 있어."

그가 그렇게 말하는 그 순간을, 그녀는 수없이 상상했다. 그러나 그녀가 그토록 듣고 싶었던, 하지만 한편으로는 절대로 듣고 싶지 않았던 그 말이 마침내 그의 입으로부터 흘러나왔을 때, 이상하게도 그녀는 기쁘지 않았다. 기쁨 대신 그녀를 엄습한 것은 두려움이었다.

그녀에게 있어 그 말은 시작에 대한 신호가 아니었다. 오히려 그녀는 그 순간, 처음으로 이별을 떠올렸다. 지금까지 아주 먼 곳에서, 아주 막연한 느낌으로만 존재해왔던 이별이, 갑자기 구체적인 모습을 띠고 그녀를 향해 뚜벅뚜벅 걸어오기 시작했던 것이다.

생각해보면, 처음부터 그 사랑에는 순수한 기쁨이라거나 충만함 같은 것이 없었다. 오히려 상처투성이의 맨발처럼 아프기만 했다. 두 사람 모두 인정하지 않았지만, 그들은 만나지 않았어야 했다. 결코 그럴 의도는 없었지만, 서로의 존재 자체가 서로를 상처 입힐 수밖에 없었던 운명이었다. 무신경한 행동이나 부당한 비난, 성급한 오해 같은 것은 없었다. 모든 문제는 두 사람이 서로를 너무 잘 알았기 때문에, 게다가 불행하게도 너무 사랑했기 때문에 일어난 것이었다. 그들은 태어날 때부터 본능적으로 서로를 알고 있었다. 그리고 모든 정황을 제대로 파악하기도 전에 사랑에 빠져버렸다. 사랑은 그와 그녀 사이에 결코 일어나서는 안 될, 유일한 일이었다.

오디션을 보러 갔던 그날, 그녀의 컨디션은 최악이었다. 며칠째 잠을 제대로 자지 못해 얼굴은 푸석푸석했고 목소리도 갈라져 있었다. 어떤 동작도 생각대로 되지 않았고 오디션용 대본의 대사조차 외워지질 않았다. 그녀는 어째서 자신이 주인공으로 뽑혔는지 알 수가 없었다.

그도 마찬가지였다. 무엇 하나 마음에 차지 않는 배우를 새 작품의 주인공으로 정해버렸다는 사실을 나중에야 깨달았다. 다만 그녀의 눈동자 속에 고여 있던 투명하고 쓸쓸한 어떤 것이, 자신이 상상한 주인공의 이미지와 맞닿아 있기 때문이라고 그는 스스로에게 해명했다. 그렇게 해서 두 사람은 연출가와 배우로 만나게 되었다.

오디션 이후 배우는 빠른 속도로 컨디션을 회복했지만, 연출가는 확신을 잃어버렸다. 그는 대본을 다시 쓰겠다고 말하고, 연습을 중단시켰다. 일주일 이상 방치되어 있던 그녀는, 더 이상 참을 수가 없어서 그에게 연락을 취했다. 그러나 그의 전화기는 꺼져 있었고, 딱 한 번 가본 사무실의 문은 잠겨 있었다. 어쩔 수 없지, 이번 일은 포기하자, 그녀는 생각했다. 그러고는 한때 같은 극단의 동료였던 친구에게 전화를 걸어, 당장 배우를 필요로 하는 무대가 있는지 알아보려고 했다. 하지만 공교롭게도 친구는 전화를 받지 않았고, 그녀는 자포자기의 심정이 되어 맥주라도 한잔하려고 눈에 띄는 카페로 들어갔다.

그곳에서 두 사람이 만난 것은 우연이었지만, 어차피 그의 사무실 근처에 있는 카페였기 때문에 그리 놀랄 일도 아니었다. 처음에 그는 그녀를 알아보지 못한 듯했다. 마주친 눈길을 무심하게 피해버렸기 때문이다. 그의 테이블 위에는 반쯤 남은 위스키 병과 아무렇게나 휘갈겨 쓴 글씨들로 빼곡한 노트가 있었다. 그녀는 조금 한심하기도 하고 조금 화가 나기도 해서, 약간 거친 손놀림으로 그 노트를 집어 들었다. 아니, 집어 들려고 했지만 그럴 수가 없었다. 노트를 향해 뻗은 그녀의 손을, 그의 손이 잡았기 때문이었다.

그는 그녀를 끌어당겨 옆자리에 앉히고도, 잡은 손을 놓지 않았다. 그녀는 스스로를 진정시키기 위해, 왼손으로 위스키를 따라 연거푸 세 잔을 마셔야 했다. 이 사람은 내가 누군지 알기나 할까 싶었지만, 네 잔째 위스키를 비우고 나자 아무려면 어때, 라는 심정이 되었다. 그의 손은 크고 차가웠다. 왜 그때 그 손을 뿌리치지 않았던 걸까, 훗날 그녀는 몇 번이나 후회했다. 그러나 그렇게 했다고 해서 두 사람을 얽어매었던 운명으로부터 빠져나올 수 있었을 거란 생각은 하지 않았다. 그건 다른 모든 후회들처럼, 부질없는 후회였다.

"여자는 결혼을 했어."

그가 말했다. 취한 것 같기도 하고 멀쩡한 것 같기도 한 목소리였다. 그녀는 잠자코 고개를 끄덕였다.

"남자도 결혼을 했어."

그녀가 또 한 번 고개를 끄덕일 때까지, 그는 말을 멈추고 기다렸다.

"두 사람은 약속을 했어."

"어떤 약속이죠?"

그녀가 물었다.

"각자 자신의 남편, 그리고 아내와 헤어지자고."

"왜요?"

"서로 사랑하게 되었거든."

새로 쓰고 있는 대본에 대한 이야기구나, 그녀는 생각했다.

"그래서 어떻게 되는데요?"

"어떻게 될 것 같아?"

대답 대신, 그가 되물었다.

"약속이 지켜지거나 지켜지지 않거나, 둘 중 하나겠죠."

그는 못마땅한 듯 미간을 찌푸렸다.

"문제는 그렇게 간단하지 않아. 몇 가지 변수가 있거든."

그녀는 왼손으로 얼음을 집어 입안에 넣고 까드득, 깨물었다.

"어떤 변수죠?"

부서진 얼음 조각들이 그녀의 혀를 날카롭게 찔렀다.

"두 사람 모두 이혼을 하는 경우, 둘 다 하지 않는 경우, 남자는 했는데 여자는 안 할 경우, 여자는 했는데 남자는 안 할 경우…. 어떤 게 좋겠어?"

모든 것이 그녀에게 달려 있다는 듯, 그는 그녀를 빤히 바라보았다.

이미 다 끝난 일이에요. 더 이상 찾아오지 말아요. (사이) 그만두라니까요! (앞으로 서너 걸음 걸어 나와, 객석을 향해) 지금 와서 잘잘못을 따지는 게 무슨 소용이 있어요. 어차피 처음부터 우리 둘 다 거짓말을 한 거잖아요. 선생님도 결혼한 사실을 숨겼고, 저 역시….

한 손에 대본을 들고, 그녀는 무대 위에 서 있었다. 공연은 일주일 앞으로 다가왔고, 그녀는 대사를 다 외우고 있어야 했다. 하지만 그럴 수가 없었다. 대본이 아직도 완성되지 않았기 때문이다.

"선생님."

그녀는 동작을 멈추고 객석에 앉아 있는 그를 불렀다.

"마지막으로 고치신 거, 이거 맞아요?"

그는 대답이 없었다.

"그러니까 처음 만났을 때, 두 사람 모두 결혼을 한 상태였던 거죠? 그런데 하지 않았다고 둘 다 거짓말을 한 거죠?"

그는 계속 침묵을 지키며, 무대 한쪽의 텅 빈 공간을 응시하고 있었다.

"그랬는데, 사랑에 빠진 여자가 이혼한 거죠? 그러고 나서 사실을 알게 되고…."

그는 자리에서 일어서서, 문을 열고, 나갔다. 그녀는 무대 위에 서서, 그의 뒷모습을 바라보며, 잠시 망설이다가, 그를 따라갔다. 그녀가 사무실로 들어섰을 때, 그는 책상 앞에 앉아 뭔가를 쓰고 있었다. 너덜너덜해진 대본은 빽빽한 글씨들로 들어차, 더 이상은 누구도, 그조차도 알아볼 수 없을 지경이었다.

"왜 자꾸 대본을 바꾸시는 거예요?"

그녀의 목소리에는 짜증이 묻어 있었다.

"저 때문이죠? 저를 비난하고 싶은 거죠?"

"그 문제와는 상관없어."

그의 목소리는 무겁게 가라앉았다.

"상관있어요. 할 수 없죠. 전 연기자고, 쓰는 사람도 연출하는 사람도 선생님이니까, 무얼 어떻게 하든 따를 수밖에요."

그에게 상처가 되는 이야기가 어떤 것인지 그녀는 잘 알고 있었다. 그에게 상처를 입히고 싶었다. 화나게 하고 싶었다. 하지만 그는 화를 내는 대신, 슬픈 얼굴로 그녀를 바라보았다.

"거짓말을 한 건 너였어."

그가 말했다.

"처음부터 난 남편이 있다고 얘기했어요."

그녀는 스스로에게 화가 나서, 소리를 높였다.

"하지만 헤어지겠다고 그랬지."

"선생님이 진짜 이혼하실 줄은 몰랐어요."

그녀는 거칠게 문을 열고 밖으로 나왔다. 차가운 바람이 뺨에서 흘러내리는 눈물에 부딪쳤다. 그는 화를 내지 않았고, 소리를 지르지도 않았다. 화내고 소리 지르고 운 것은, 그녀였다.

지금 와서 잘잘못을 따지는 게 무슨 소용이 있어요. 어차피 처음부터 우리 둘 다 거짓말을 한 거잖아요. 선생님도 결혼한 사실을 숨겼고, 저 역시 남편이 있다는 사실을 숨기고 있었으니까…. 속일 생각은 아니었어요. 몇 번이나 기회를 놓쳤을 뿐이에요. 지금 와서 변명을 하려는 건 아니에요. 하지만 그 이야기를 하는 게 너무 괴로웠어요. …그래도 결국… 전 남편을 버리고 선생님을 선택했어요. 그런데 이제 와서 선생님은 아내를 버릴 수가 없다고 얘기하시는 건가요? …우리의 가장 큰 문제가 뭔지 알아요? 우리 둘 다 현실을 제대로 보지 않았다는 거예요. 그저 잠깐 도망치고 싶었던 거죠. 우연히 타이밍이 맞았고 우연히 만난 것뿐이에요. 선생님은 제가 아니라도 괜찮았어요. 저 역시 선생님이 아니라 다른 사람이었다 해도….

"거짓말이에요."

그녀의 손에서 대본이 힘없이 떨어졌다.

"계속해."

그가 말했다.

"거짓말이에요."

그녀의 눈에 다시 눈물이 고였다.

"진실 같은 건 없어. 그냥 만들어낸 이야기니까."

그의 목소리에는 아무런 떨림도 없었다.

"하지만 우리는, 우리 사이에 있었던 일은, 진실이었어요. 선생님을 만나지 않았다면 죽을 때까지 이런 일은 일어나지 않았을 거예요. 선생님은 그렇지 않았나요? 제가 아니어도 상관없었나요? 지금 선생님은… 비겁해요. 제가 사랑하던 사람이 아니에요."

그는 대답하지 않았다. 하지만 그녀는 알고 있었다. 겁을 먹고 도망을 간 사람은, 그를 비겁하게 만든 사람은, 그리고 정말로 비겁한 사람은 그녀 자신이었다.

사랑의 약속은 대체로 부질없고 무의미하다. 새끼손가락을 걸고 맹세하며, 영원히 사랑하겠다고 다짐할 뿐이다. 사랑이 끝나지 않기를 소망하고 기대할 뿐이다. 그 마음이 깊고 끔찍해도, 영원을 품기에는 부족하다. 그래서 그 한없는 희망은 한없는 절망과 맞닿아 있다. 봄 속에 겨울이 존재하는 것처럼, 사랑의 약속 안에는 텅 빈 동굴과 같은 허무함이 존재한다.

어느 쪽이 사랑의 약속을 파기했느냐, 같은 문제에 대해서는 언급하고 싶지 않다. 그럴 가치가 없기 때문이다. 누가 누구를 더 사랑하고 덜 사랑했느냐를 따지는 일도 중요하지 않다. 우리가 기억해야 할 것은, 애틋한 마음으로 약속을 나누었던 그 순간이 서로에게 얼마나 소중한 것이었는지, 잊지 않는 일이다. 그 마음을 그대로 간직하고, 다시 살아가기 시작하는 일이다.

꿈을 꾼 후에

아무도 없는, 쓸쓸한, 텅 빈, 금방이라도 부서질 듯한, 안개에 싸인 마을이다. 그곳을 터덜터덜 걷고 있는 남자는 얼핏 보아도 나그네의 행색이다. 그러나 그곳에는 그를 얼핏 보아줄 사람은 물론이고, 지나가는 강아지 한 마리도 없다. 지금 그는 몹시 목이 마르다. 배낭 안에 들어 있는 물통은 바닥을 드러낸 지 이미 오래다. 남자는 어째서 마을이 이렇게 적막한지, 이유를 알 수가 없다. 장이 열리는 날이라고 해서, 첫차를 타고 다섯 시간을 달려왔다. 이야기의 진원지는 썩 믿을 만한 것이 못 되었지만—며칠 전 어느 술자리에서 처음 만난, 친구의 친구에게서 주워들은 이야기였다—그는 추호의 의심도 품지 않았다.

전날 잠을 설치는 바람에, 버스가 종점까지 달려오는 내내 남자는 꾸벅꾸벅 졸았다. 매캐한 연기와 기름 냄새에 눈을 떴을 때, 그는 텅 빈 버스에 혼자 남아 있었다. 주위를 둘러보았지만, 마을로 가는 길을 알려줄 만한 사람은 물론이고 강아지 한 마리도 없었다. 남자는 술자리의 기억을 더듬어가며—버스를 타고 종점에서 내려 높은 산이 보이는 쪽으로 삼십 분쯤 걷다 보면 그 마을이 나타난다고, 지도에도 없고 차도 드나들지 않아 옛 풍경과 자연을 고스란히 간직하고 있는 곳이라고, 친구의 친구가 얘기했다—걷기 시작했다. 그러나 한 시간이 지나고 두 시간이 지나도 마을은 보이지 않았다. 그는 배가 고팠고 목이 말랐고 다리가 아팠지만, 이제라도 곧 마을이 나타날 것 같아서 돌아갈 수가 없었다.

남자가 지쳐 쓰러지기 직전에 나타난 마을은 그러나 아무도 없는, 쓸쓸한, 텅 빈, 금방이라도 부서질 듯한, 안개에 싸인 곳이다. 사람의 흔적은 어디에도 없다. 천 년쯤 전, 그 마을에 살던 사람들이 한꺼번에 떠나버린 이후 누구도 발을 들여놓지 않았다 해도 믿어질 만큼 적막하다. 다시 돌아가야 하나, 하는 생각조차 떠올릴 수 없을 만큼 지친 남자가 어느 담벼락 아래 힘없이 주저앉을 때, 희미한 바람에 실려, 기다렸다는 듯이 아주 낮은 음악 소리가 들려온다.

처음에 남자는, 자신의 기억 속에서 그 멜로디가 튀어나온 거라고 생각한다. 포레의 〈꿈을 꾼 후에 Apres un Reve〉다. 이유는 모르겠지만 아주 어린 시절부터, 아니 태어나기 전부터 남자의 주위를 맴돌고 있는 것처럼 친숙한 곡이다. 잠시 후 남자는, 그 멜로디가 기억 속의 것이 아니라 실재임을 깨닫는다. 그는 몸을 일으켜 음악 소리가 들리는 곳을 향해 걷기 시작한다. 소리는 남자가 주저앉아 있던 곳에서 불과 십여 미터 떨어진 곳에 어느 집에서 흘러나오고 있다.

그 마을에 있는 다른 집들과 별다를 것이 없는, 평범한 시골 집이다. 남자는 반쯤 열린 대문 너머를 기웃거린다. 사람의 모습은 보이지 않고, 마당 한쪽에 옹기종기 모여 있는 장독들, 술을 빚는 데 사용하는 도구들, 처마 밑에 매달려 있는 나물들, 빨랫줄에 널린 옷가지들이 눈에 들어온다. 누군가 빨래를 했다는 건 누군가 여기 살고 있다는 거겠지, 남자는 생각한다.

"계십니까."

남자는 그 집에 살고 있을 누군가를 부른다. 하지만 인기척은 없다.

"계십니까."

조금 더 큰 소리로, 남자는 다시 한 번 부른다. 역시 반응은 없다. 누군가 있어야 한다. 그에게 한 잔의 물을 줄 수 있는, 가능하다면 허기를 채울 만한 음식을 줄 수 있는, 이 마을에 왜 사람이 없는지 설명해줄 수 있는, 그리고 자신이 돌아갈 길을 알려줄 수 있는 누군가가. 안으로 들어가 살펴보기 위해 남자는 대문을 민다. 육중한 몸을 요란하게 삐거덕거리며 문은 남자에게 길을 내준다. 예상했던 것보다 큰 소리가 나는 바람에 놀란 남자는, 집 안으로 한 발자국을 옮기다 도로 물러난다. 그때 여자가 뛰어나온다.

"어서 오세요."

반갑게, 너무나 반갑게 여자가 그를 맞는다. 스무 살 남짓 되었을까, 곱고 맑은 얼굴 가득 미소를 머금고 있다. 아, 아. 놀란 남자는 감탄사 외에 다른 단어를 말할 수가 없다. 그곳에 정말 사람이 있다는 것에 놀라고, 그 사람이 그토록 어리고 맑고 예쁜 여자라는 것에 놀라고, 그 여자가 그토록 자신을 반갑게 맞아준다는 것에 놀란다. 여자는 생글생글 웃으며 남자를 바라본다. 그녀의 눈빛에 그리움과 기쁨, 안타까움과 설렘 같은 것들이 어른거린다.

"이 마을에 사람이 안 사는 줄 알았습니다."

"살아요."

여자가 상냥하게 대답한다.

"오늘 장이 열린다고 들었는데…."

"맞아요."

여자가 웃는다.

"맞아요? 그거 보겠다고 새벽에 버스 타고 내려왔는데, 장은 커녕 사람 그림자도 못 보고…."

더듬더듬 말을 하면서, 남자는 허기와 갈증과 피로가 급히 몰려오는 것을 느낀다.

"아침 일찍 열렸다가 금방 닫았어요. 별로 볼 것도 없었어요. 강아지 다섯 마리랑 토끼 열 마리가 전부였으니까."

"강아지랑 토끼요?"

장이 열렸다는 사실에 놀라야 할지, 고작 강아지와 토끼 몇 마리만 장에 나왔다는 사실에 놀라야 할지, 갈피를 못 잡은 채로 남자는 입에서 나오는 대로 얘기한다.

"목마르시죠? 어서 들어오세요."

여자는 몸을 돌려 집 안으로 들어가더니, 곧 사라진다. 부엌에라도 들어간 걸까, 남자는 고개를 갸웃거리며, 시원한 바람이 불어오는 툇마루에 걸터앉아 그녀가 돌아오기를 기다린다. 그런데 오늘은 하루가 참 길군, 여태 해가 중천에 걸려 있네, 그런 생각을 하면서.

정갈한 술상이 남자 앞에 놓인다. 몇 종류의 나물, 빛깔 고운 전, 윤기가 흐르는 수육, 그리고 주전자 가득 담긴 술. 남자가 오리라는 걸 예상하고 있었을까. 그가 좋아하는 음식이 무엇인지 알고 있었을까. 믿을 수 없을 정도로 짧은 시간 안에 마련된, 남자의 입맛에 꼭 맞는 술상이다.

남자는 침을 꿀꺽 삼키며, 갈증을 채우기 위해 우선 술을 한

잔 들이킨다. 산딸기나 벚꽃, 혹은 한겨울 깊은 산속에 쌓인 눈의 맛을 닮은 술이다. 지금까지 마셔본 적이 없는 술이다. 순식간에 갈증이 사라지면서 더불어 몽롱한 피로가 몰려오는데, 그 기분이 별로 나쁘지 않다. 스르르 꿈으로 빨려 들어가기 직전처럼 아득하고 부드러운 느낌이다. 남자의 입술에서 저절로 한숨이 새어 나온다. 여자는 다소곳이 곁에 앉아, 그를 빤히 바라보고 있다. 조금 쑥스러워진 남자는 할 말을 찾는다.

"이 마을에 사람이 살긴 삽니까? 여기까지 오면서 한 명도 못 만났거든요."

"글쎄요."

여자의 입가에 묘한 미소가 어린다.

"여기서 얼마나 살았어요?"

남자가 다시 묻는다.

"글쎄요."

여자가 다시 대답한다. 뭐가 뭔지 모르겠군, 아무려면 어때, 마을에 사람이 살든 말든, 여자가 여기서 얼마를 살았든, 그다지 중요한 일도 아니지, 남자는 생각한다. 여자는 지금 장난을 치고 있는 것 같기도 하다. 그녀의 입가에 여리고 투명한 미소가 맺혀 있다. 남자는 슬쩍 농을 던져본다.

"혹시 그런 거 아닙니까? 길 잃은 나그네 하룻밤 묵어가게 해 놓고 밤중에 칼을 갈아서…."

여자가 웃음을 터뜨린다.

“나그네를 잡아서 뭐 하게요.”

“글쎄요, 술 담글 때 쓰나?”

남자도 웃는다.

“그런데 마당에 있는 저 장독들은 다 뭡니까?”

“술이에요.”

여자의 입가에서 미소가 사라지고 잠시 침묵이 흐른다.

“솔직히 말해봐요. 여기서 뭘 하고 있어요? 아무도 없는 이런 마을에서.”

남자도 정색을 한다.

“기다려요.”

“누구를?”

“다시 오겠다고 약속한 사람.”

“어떤 사람입니까, 다시 오겠다고 한 사람이.”

“…마음의 그림자가 없는 분이에요. 잘 웃으시고, 언제나 기분 좋게 취하시고, 살아 있는 걸 너무나 감사해하고 행복해하는 분이죠.”

여자의 뺨이 살짝 붉어진다.

“언제부터 기다렸습니까, 그 사람.”

“잊었어요.”

꽤 긴 시간 동안, 두 사람은 아무 말도 없이 술을 마신다. 남자는 잔을 비우고 여자에게 건네고, 여자는 그것을 받아 다시 비운 다음 남자에게 건넨다. 취기가 오른 남자는, 이제 뭐가 어떻게 되어도 상관없다고 생각한다. 설사 그녀가 밤중에 칼을 간다고 해도. 여자도 기분이 좋아 보인다. 눈이 마주칠 때마다, 남자에게 따뜻하고 다정한 미소를 건넨다.

"온종일 뭘 하고 지냅니까."

다섯 번째 술병을 가지고 돌아온 그녀에게, 남자가 묻는다.

"술 담그며 지내죠. 백미로 백하주를 빚고, 붉은 누룩으로 홍주를 빚고, 산사 열매로 산사주를 빚고, 흑미로 흑미주를 빚고, 봄이 오면 냉이주, 여름에는 매실주, 가을에는 국화주, 겨울에는 도소주…."

"그리고?"

"술이라는 게 잘 되는 해도 있고 안 되는 해도 있고, 묵혀두면 맛이 좋아지기도 하고 나빠지기도 하고…. 그럼 제대로 안 된 술은 버리고, 좋은 술은 남겨놓죠."

"그러니까… 그러니까, 그래서, 뭐죠?"

남자는 무엇을 알고 싶은 건지도 모른 채, 입에서 나오는 대로 질문을 뱉는다.

"그렇게 해서, 가장 좋은 술 한 병을 만들어, 지니고 있어요."

"한 병?"

"그분은… 기분이 제일 좋은 건 한 병을 마셨을 때라고 그랬어요. 두 병째부터는 고마운 줄도 모르고 마시게 되니까, 술에 대한 예의가 아니라고 하셨죠. 그리고…."

"그리고?"

무엇 때문인지 몰라도, 남자는 초조해진다.

"보내드려야죠. 한 병을 비우시고 나면."

갑자기, 불현듯, 남자는 미친 듯이 화가 나기 시작한다. 누구에게 화를 내야 할지 알 수가 없어서, 더욱 화가 난다. 다시 오겠다고 약속하고 오지 않는 뻔뻔한 남자에게? 그런 남자를 믿고 하염없이 기다리고 있는 바보 같은 여자에게? 그런데 왜 화가 나는 거지? 나는 아무 상관도 없는, 지나가던 타인인데. 남자는 자리에서 벌떡 일어선다.

"대문을 나가서, 오른쪽 길로 곧장 가세요. 삼십 분쯤 걸어가면 버스 정류장이 나올 거예요. 가는 길이 머니 떡을 좀 싸드릴게요."

아무런 동요도 없이, 침착한 목소리로 여자가 말한다.

"더 이상 기다리지 말아요."

남자는 부엌 쪽으로 몸을 돌리는 여자의 팔을 낚아챈다. 종이 한 장처럼 얇은 팔이다.

"얼마나 기다린 거죠? 삼 년? 오 년? 십 년?"

여자는 용서를 구하는 듯 희미한 미소를 짓는다.

"그 사람, 안 와요. 알아? 영원히 안 온다고. 그러니까 더 이상 기다리지 말란 말이야!"

남자는 자신이 소리를 지르고 있다는 사실을 믿을 수 없다. 여자가 슬픈 미소를 짓고 있는 이유도 알 수가 없다.

"…안 기다릴게요. 버스 끊어져요. 어서 가세요."

여자는 남자에게 잡힌 팔을 빼내고, 부엌으로 들어간다. 그 사이에 남자는, 장독마다 가득 담겨 있는 술을 마당에 쏟아 붓는다.

여자가 알려준 방향으로 삼십 분을 걷자, 정말 버스 정류장이 나온다. 여기가 도대체 어디냐고 묻지도 않고, 남자는 버스에 올라탄다. 차는 곧 출발한다. 그의 손에는 떡과 함께, 여자가 지니고 있던 가장 좋은 술 한 병이 들려 있다. 술병은 몹시 무겁다. 여자의 기다림을 저울에 달아 무게를 잰다면, 아마 이 정도겠지…. 멍하니 창밖을 바라보며, 남자는 생각한다. 밖은 까만 어둠으로 덮여 있다.

눈의 여왕

눈 의 여왕이 살고 있는 성은 눈으로 되어있었다

남자는 시계를 본다. 시간을 확인하고 고개를 들어 두리번거리며 눈살을 찌푸린다. 차가운 손으로 차가운 휴대폰을 꺼내어 메시지를 보내는 동안, 바람은 더욱 날카로워지고 기온은 조금 더 내려간다. 남자는 몸을 움츠리고 발을 동동 구르며 옷깃을 올린다.

잠시 후 그는 짜증 섞인 표정으로 휴대폰을 주머니에 집어넣고, 다시 한 번 시계를 보고, 두리번거린다. 기다리는 사람이 오지 않는 동안, 어딘가 추위를 피할 곳이 없을까, 하고 둘러본다. 그의 시선이 한 곳에 머문다. 건너편에 있는 자그마한 카페다. 아니 카페처럼 생긴 작은 집이다. 하지만 간판은 보이지 않는다. 저곳이 카페라면 좋을 텐데, 남자는 생각한다. 그럼 따뜻한 커피라도 한 잔 마시면서 몸을 녹일 수 있을 텐데. 그때 카페처럼 생긴 집의 문이 열린다. 그리고 한 여자가 밖으로 나온다.

마치 동화책 속에서 빠져나온 것 같은 여자다. 차림새뿐 아니라 그녀의 모든 동작이 어딘지 비현실적이다. 가냘픈 몸매를 감싸고 있는 길고 하얀 드레스, 가느다란 목에 감겨 있는 하얀 스카프, 얼굴을 반쯤 가린 둥글고 하얀 모자가 불어오는 바람을 타고 부드러운 물결을 일으킨다.

춥지도 않나, 생각하며, 남자는 그녀를 바라본다. 그녀도 그를 본다. 하얀 모자 아래의 투명한 눈동자로 남자를 보고, 창백한 입술을 열어 미소를 짓는다. 모든 것을 알고 있다는 듯. 남자는 얼떨결에 여자를 향해 한 걸음 내딛는다. 여자는 가까이 와도 괜찮다는 듯 고개를 끄덕인다. 남자가 길을 건너 여자의 앞에 이르자, 문 앞에 달려 있던 작은 방울이 딸랑, 하고 울린다. 바람인가, 하고 남자는 그쪽을 본다.

"누구, 기다려요?"

여자는 남자의 시선을 막아서며 다정하게 묻는다.

"네? 아, 네…."

남자는 주머니 속에 손을 넣어 휴대폰을 만지작거린다.

"한참 기다렸죠?"

여자의 눈동자가 반짝인다.

"네, 조금…."

"연락이 안 되나 봐요?"

"네…."

남자는 슬그머니 주머니에서 손을 뺀다.

"여자친구?"

"그냥 친구…."

이유도 없이, 그는 거짓말을 한다.

"바람맞은 건가요?"

여자는 부드러운 미소를 짓고 있다.

"아마."

남자는 꾸중들은 아이처럼 고개를 숙인다.

"우리 가게에 들어가서 기다리지 않을래요? 늦게라도 연락이 올지도 모르고."

"가게…?"

남자가 망설이는 사이, 여자는 몸을 돌려 안으로 들어간다. 온몸을 얼려버릴 것 같은 차가운 바람이 불어온다. 남자는 서둘러 여자의 뒤를 따라간다.

간판은 없지만, 그곳은 카페다. 낮고 조용한 음악도 흐르고 있다. 하지만 사람의 온기라고는 느낄 수 없는, 아주 깊은 곳까지 비어 있는 듯한 공간이다. 테이블과 의자는 아무런 무늬도 특징도 없는 하얀 천으로 덮여 있다. 오래 비워둔 곳일까, 혹은 누군가 이곳을 떠나려는 걸까? 하지만 카페의 중앙에 놓인 길고 높은, 눈처럼 흰 대리석으로 만들어진 테이블은 천으로 덮여 있지 않다. 남자는 여자가 권하는 대로 테이블 앞에 앉다가, 흠칫 놀라 의자를 약간 뒤로 뺀다. 차디찬 기운이 훅, 끼쳐왔기 때문이다.

"파스타 어때요?"

여자가 묻는다.

"예?"

"배고프지 않아요?"

"그러고 보니…."

그러고 보니 남자는 배가 고프다. 기다리던 누군가를 만나 식사를 하고 영화를 보러 갈 계획이었는데, 누군가는 오지 않았고, 그래서 밥도 먹지 못했다. 여자는 빙긋 웃으며 남자를 남겨놓고 사라진다. 남자는 갑자기 몰려드는 허기를 느끼며 여자가 빨리 돌아왔으면 좋겠다고 생각한다. 여자를 기다리는 동안, 더욱 차가워진 공기가 남자의 전신을 휘감는다. 어쩐지 바깥보다 더 추운 것 같아, 남자는 중얼거리며 창밖을 내다본다. 하지만 유리창은 온통 하얀 성에로 덮여 있어 바깥 풍경은 보이지 않는다.

눈 의 여왕은 카이의 이마에 입을맞추었다

테이블 위에 오른 건 차가운 파스타다. 얼음 알갱이들이 하얀 접시 언저리에 놓여 있고, 눈처럼 흰 소스가 파스타를 덮고 있다. 남자는 망설인다. 이걸 먹었다가는 뼛속까지 얼어버릴지도 몰라, 하지만 먹지 않으면 금방이라도 죽어버릴 것 같은걸. 마침내 남자는 포크를 들고 파스타를 먹기 시작한다. 한 입, 두 입, 세 입…. 그의 동작이 점점 빨라지고, 순식간에 접시가 비워진다. 남자는 그제야 고개를 들고, 맞은편에 앉아 있는 여자를 보며 쑥스러운 듯 웃는다.

"맛있네요."

"다행이에요."

여자는 남자에게 차를 따라준다. 냉기가 하얀 연기처럼 솟아오르는, 차디찬 차다.

"여기, 카페 맞죠? 왜 죄다 천으로 덮어놨어요?"

남자는 궁금했던 것을 묻는다.

"어제로 문을 닫았어요."

"예? 왜요?"

"떠나야 할 때가 되어서요."

"이사 가세요?"

"일종의 이사인 셈이죠."

어디로 이사를 가는지 물어도 괜찮을까, 남자는 생각하다가 말을 돌려본다.

"제 친구가 이삿짐센터에서 일하는데, 소개시켜드릴까요?"

"짐들은 두고 가요. 돌아올 거니까."

"그럼 여행이네요?"

"일종의 여행인 셈이죠."

여자는 미소를 짓는다.

"멀리 가시나 봐요?"

남자의 말에, 여자는 대답이 없다.

"언제 오세요? 이 파스타, 다시 먹고 싶어질 것 같은데…."

눈앞에 놓인 빈 접시를 바라보자 남자는 아픔 같은 갈증을 느낀다. 그는 찻잔을 들어 차디찬 차를 단번에 들이마신다.

"겨울이 돌아오면."

여자는 간결하게 대답한다. 어색함을 감추기 위해 남자는 주위를 둘러본다. 그의 시선이 한쪽 벽에 걸려 있는 작은 액자에 머무른다. 가장자리에 하얀 성에가 엉겨 붙어 있다. 그리고 액자 안에는, 눈으로 만든 옷을 입고 눈으로 만든 왕관을 쓴 눈의 여왕이 있다.

"저 그림, 안데르센 동화에 나오는 거 아닌가요? 눈의 여왕이었나?"

"혹시, 지금 추워요?"

여자는 다른 이야기를 한다.

"아, 아뇨. 그러고 보니… 아까는 좀 추웠는데."

남자는 자신의 손바닥으로 테이블을 짚어본다. 더 이상 차갑지 않다.

카이는 모든 것을 잊어버리고 말았다

눈의 여왕, 눈의 여왕…. 남자는 중얼거린다. 잊어버린 무엇이 생각날 것 같다가 다시 사라진다.

"분명히 어릴 때 읽었는데…."

남자는 도움을 청하듯 여자를 본다.

"그래요?"

여자는 아무렇지도 않게 대답하지만, 남자는 그녀의 입술이 살짝 떨리는 것 같다고 생각한다.

"어떤 내용이었죠? 하나도 기억이 안 나네."

"그해 겨울에, 썰매를 타던 카이는, 눈의 여왕을 만나 그녀의 성으로 따라가죠. 눈의 여왕이 살고 있는 성은 눈으로 되어 있었고, 카이는 너무나 추웠는데, 여왕이 카이의 이마에 키스를 하자 그 추위가 사라졌죠. 눈의 여왕이 카이에게 두 번째 키스를 하면 카이는 모든 것을 잊어버려요. 사랑하는 연인 게르다와 할머니까지."

"그리고?"

"카이는 눈의 여왕에게 한 번만 더 달콤한 키스를 해달라고 했죠. 그때 여왕이 말해요. 더 이상은 안 돼. 세 번째 키스는 너를 죽게 할 테니까."

"그래서 어떻게 되나요?"

"어떻게 됐을 것 같아요?"

여자는 남자를 빤히 본다. 침묵이 흐른다. 얼음처럼 차디찬 침묵이다. 갑자기, 그 침묵을 망치로 깨부수듯 남자의 휴대폰이 울린다. 남자는 손가락 하나 움직이지 못한다. 그를 보는 여자의 눈빛 안에 갈망, 애원, 포기 같은 감정들이 스쳐간다.

"받아요."

여자는 소리도 내지 않고 자리에서 일어나 어디론가 사라진다. 남자는 천천히 휴대폰을 꺼낸다.

"응."

전화를 받는 남자의 목소리는 눈처럼 차디차다.

"나중에 통화해."

전화를 끊은 후, 그는 휴대폰의 전원을 끈다.

카이는 꿈에서 깨어난 듯 게르다를 바라보았다

스멀스멀, 바닥을 알 수 없는 깊은 곳으로부터 어둠이 스며들기 시작한다. 자신을 둘러싼 모든 것이 기묘한 방식으로 움직이고 있다는 것을, 자신의 힘으로는 이곳에서 도무지 빠져나갈 수 없다는 것을, 남자는 알고 있다. 그러나 슬픔이나 절망 같은 감정은 없다. 남자는 꿈꾸는 듯한 표정으로 여자를 본다.

"그런데 그 이야기… 끝이 어떻게…?"

남자는 겨우 입술을 열고 힘겹게 단어를 내뱉는다.

"어떤 이야기?"

"눈의… 여왕."

"게르다가 카이를 찾으러 오죠."

여자가 대답한다.

"카이는 게르다를… 따라갔나요?"

여자는 대답 대신 고개를 끄덕인다. 남자는 자신의 심장이 조금씩 수축되는 것을 느낀다.

"그럼… 눈의 여왕은? …혼자 남은 건가…?"

"혼자 남았죠. 카이가 떠나버렸으니까."

"카이가 떠나고… 눈의 여왕은… 어떻게 됐어요?"

"글쎄요, 그런 이야기까지는 나오지 않아요."

"눈의 여왕도… 외롭지 않았을까…?"

"보통은, 그렇게 말하지 않아요. 눈의 여왕이 나쁘다고 말하죠."

"어째서?… 눈의 여왕은… 카이를 사랑한 게 아닌가요?"

남자는 마지막 힘을 짜서, 가까스로 그렇게 말한다. 여자는 그의 눈을 들여다보고, 희미하게 미소를 짓고, 결심한 듯 선언한다.

"난 이제 가야 해요."

그리고 아주 잠깐, 얼음 같은 침묵이 흐른다.

"봄이 오기 전에 여길 떠나야 하거든요."

얼음에 쨍, 하고 금이 가는 소리를 남자는 듣는다. 여자는 남자의 귀에 대고, 낮지만 단호한 목소리로 말한다.

"그러니까 빨리 여기서 나가요. 지금이 아니면 영원히 못 나갈지도 모르니까."

무언가에 압도당하여, 남자는 몸을 일으킨다. 쇠사슬을 감은 것처럼 무거운 몸이다. 현기증을 느낀 그가 테이블을 의지하여 잠시 서 있는 동안, 여자는 벽에 걸려 있던 액자를 떼어낸다.

"선물이에요."

남자는 잠자코 그녀의 선물을 받는다. 그의 손이 액자에 닿자, 틀에 매달려 있던 성에가 녹아 눈물처럼 떨어진다. 남자는 물이 뚝뚝 떨어지는 액자를 보물처럼 품에 안고, 주문에 걸린 듯 비틀거리며 출구로 다가간다. 그의 모습이 사라진 이후에도 꽤 오랫동안, 여자는 그 자리에 그대로 서 있다.

남자는 시계를 본다. 시간을 확인하고 고개를 들어 두리번거리며 휴대폰을 꺼내어 키를 누른다. 그가 전화기에 귀를 대고 있는 동안, 바람은 잠시 멎고 햇살이 비친다.

"나야. 지금 어디야? …나? 여긴…"

남자는 주위를 둘러본다. 기다리는 사람이 오지 않는 동안, 어딘가 추위를 피할 곳이 없을까, 하고. 그의 시선이 한 곳에 머문다. 건너편에 있는 자그마한 카페다. 하지만 불빛은 없다. 잊어버린 무엇이 기억날 듯하다가 다시 사라진다.

"그냥 거기 있어. 내가 갈게."

전화를 끊은 그가 막 자리를 뜨려는 순간, 그의 발치에서 무언가가 반짝인다. 작은 액자 하나가 놓여 있다. 남자는 고개를 갸우뚱하고 액자를 들여다본다. 하얀 눈이 쌓인 눈의 나라 풍경이다. 하지만 그 속에는 아무도 없다.

봄이 오기 직전이 가장 힘들어.

항상 그랬어.

세계의 끝과 마지막 킬러

손바닥만 한 창을 배경으로 한 남자가 앉아 있다. 엄숙하고 진지한 손놀림으로 그는 다관의 뚜껑을 연다. 하얀 김이 수직으로 올라와 창틀 근처에 잠시 머물다 허공에 흩어진다. 방 한쪽 구석에 놓인 낡은 라디오 안에서 마리아 칼라스가 노래를 부르고 있다.

"이것은 숙우라고 합니다. 물을 식히는 용도로 만들어진 그릇이죠."

남자는 그릇에게 자신의 용도를 다짐시키기라도 하듯, 단단하고 투박한 손으로 그것을 어루만진다. 다관에 담겨 있던 뜨거운 물은 숙우를 거쳐 다시 퇴수기로 옮겨간다. 한 줌의 찻잎이 다관 속으로 가라앉는다. 나는 기다린다. 그가 제대로 우려낸 차를 나의 찻잔에 따라주기를. 그가 입을 열어 자신의 이야기를 시작하기를. 그리고 마침내 이 세계가 끝나기를.

어쩌다 보니 태어나게 된 것처럼, 어쩌다 보니 누군가를 만나고 이별하게 된 것처럼, 어쩌다 보니 우리는 세계의 끝에 이르게 되었다. 모든 것이 우연이라고 생각하면 마음이 편해지겠지만, 불행히도 그렇지 않다는 것을 우리 둘 다 잘 알고 있다.

"수없이 상상했어요, 세계의 끝에 대해."

나는 알맞게 식은 찻잔을 입으로 가져가며, 생각나는 대로 말을 꺼낸다.

"그렇습니까."

그가 고개를 끄덕인다.

"좋은 곳이네요."

나는 주위를 둘러본다. 희미한 빛이 손바닥만 한 창을 통과하여 하얀 벽에 그림자를 만들고 있다.

"여기서 무슨 일을 하고 있죠?"

"내가 무슨 일을 하는 사람이면 좋겠습니까."

그가 묻는다.

"글쎄요, 가능하다면 세계의 끝과 어울리는… 예를 들면 킬러?"

"좋습니다, 거기서부터 시작하지요."

그의 입가에 희미한 빛과 같은 미소가 잠깐 떠올랐다가 곧 사라진다.

"나는 킬러입니다. 삼 년 전에 킬러가 되기로 결심하고, 이 년 동안 준비했습니다. 그리고 지난 일 년 동안, 까다롭고 엄격한 시험을 통과하여 며칠 전 협회로부터 킬러 라이선스를 발급받았습니다. 프로페셔널 킬러가 된 것입니다."

"삼 년 전이라고 그랬나요?"

나는 가벼운 현기증을 느끼고 이마를 찌푸린다.

"그렇습니다. 차 맛이 이상합니까?"

그가 말한다.

"아뇨, 아주 맛있어요. 하지만…."

"하지만?"

"뭔가 기억이 날 것 같았는데, 금방 잊어버렸어요. 이야기를 계속해주시겠어요?"

"내가 어릴 때, 아버지는 종종 이런 이야기를 하셨습니다. 얘야, 세상에는 많은 일들이 일어난단다. 설사 네가 아무것도 하지 않아도 말이야. 나는 너무 어려서, 아버지에게 물어보지 못했습니다. 그런 일들이 일어나면 어떻게 해야 하느냐고. 하지만 아버지도 대답을 알지 못하셨을 거라고 생각합니다. 우리가 할 수 있는 일은 잠자코 받아들이거나 부정하거나, 둘 중 하나일 뿐입니다. 어느 쪽을 선택해도 결과는 달라지지 않습니다."

"그리고 일주일 전, 세상에서 일어날 수 있는 모든 일 중에서 가장 믿기 힘든 일이 일어났죠."

내 말에, 그가 고개를 끄덕인다.

"앞으로 스물네 시간. 그것이 우리 인류에게 주어진 시간이지요. 스물네 시간 후에, 세계는 끝납니다."

선언하듯, 그가 말한다.

"이미 모든 사람들이 자신의 일을 그만두었죠."

"킬러들을 포함하여. 나는 운이 좋은 편입니다."

"당신은 이 세계의 마지막 킬러가 되었으니까요."

눈 보라

내가 살아오면서 유일하게 믿을 수 있었던 건 세계의 끝이다. 기껏해야 한 계절도 견디지 못할 사랑이나 추억 따위는 이제 신물이 난다. 만남과 이별이 되풀이될수록 내 영혼은 절대적인 것을 갈망하게 되었고, 그 갈망은 '세계의 끝'에 대한 믿음으로 뿌리를 내렸다. 그곳에 이르면, 나는 모든 것을 용서하고 용서받은 후 영원히 평화로운 잠 속에 잠길 수 있을 것이다. 달콤하지도 않고 씁쓸하지도 않은, 격렬하지도 않고 부드럽지도 않은, 기쁘지도 않고 슬프지도 않은, 모든 감정이 무(無)로 돌아가는, 잠.

"세계가 끝날 때의 풍경이란 이런 거라고, 줄곧 생각해왔어요."

나는 그에게 보여주기 위해, 들고 온 가방에서 터너의 화집을 꺼낸다.

"처음에는 〈눈보라〉, 다음에는 〈해변으로 다가오는 요트〉, 그리고 마지막이 〈색채의 시작〉이에요."

"그렇습니까."

그는, 남자는, 킬러는, 터너의 그림을 주의 깊게 살펴본다.

"이제 곧 확인할 수 있을 겁니다."

"한 가지 두려운 것은…."

나는 잠시 말을 멈추고 망설인다.

"뭡니까?"

"이 순서대로가 아니라면…."

"눈보라와 같은 것이 마지막에 올까, 두려운 겁니까?"

"네…."

손바닥만 한 창에서 스며들어오던 희미한 빛이 점점 어두워지고 있다.

"죽이고 싶은 존재가 있었습니까?"

킬러가 묻는다.

"왜 그렇게 생각하죠?"

눈보라 속에서, 나는 가까스로 그를 본다.

"내가 킬러였으면 좋겠다고 하지 않았습니까."

나는 잠깐 생각한다.

"그런데 어째서 과거형으로 묻는 거죠?"

"시제 같은 건 이제 상관이 없습니다. 그렇지 않습니까."

"그래요. 분명히… 무슨 이유가 있었던 것 같은데, 잘 기억이 나질 않아요. 뭔가를 생각하는 게 점점 힘들어져요. 기억을 떠올리려고 하면 할수록 산산조각이 나버리는 걸요."

"오랫동안 의식적으로 피해왔기 때문입니다. 애쓰지 말고, 떠오르는 것이 있으면 이야기하십시오. 조각나는 것은 형용사입니까? 아니면 동사입니까?"

'의식'과 '조각'과 '형용사'와 '동사'라는 단어들이 다시 산산조각 난 채로 눈보라 속을 떠돌아다닌다.

"이틀 전에, 첫 번째 의뢰인이 다녀갔습니다."

킬러가 말한다. 어째서 그 이야기를 하는 거죠? 하고 물으려다가, 아무려면 어때, 하고 나는 입을 다문다.

"세계의 끝과 완벽하게 어울리는 의뢰인이었습니다."

그는 내 눈을 들여다보지만, 나는 아직 눈보라 속에 있다.

"누구를… 죽여달라고 하던가요?"

잠깐의 침묵이 흐른 후, 그가 입을 연다.

"나는 사람을 죽이는 킬러가 아닙니다."

천천히, 휘몰아치는 눈보라가 가라앉기 시작한다.

"계속하세요."

내가 말한다.

"잘 알고 계시겠지만, 킬러에게는 등급이 있습니다. 공식적으로, A라벨 라이선스에서 E라벨 라이선스까지 발급됩니다. 나는 A라벨 라이선스를 갖고 있습니다. 즉 일흔여덟 가지를 다룰 수 있는 것입니다."

"어째서 내가 그런 걸 알고 있다고 생각하죠?"

"알고 있습니다."

아무려면 어때, 하고 나는 다시 생각한다.

"그래서요?"

"나를 찾아온 그 의뢰인은 전직 킬러였습니다. C라벨 라이선스를 갖고 있었다고 했습니다. 그가 다룰 수 있는 것은 열두 가지였고, 일주일 전, 그러니까 세계가 끝난다는 발표가 난 직후에 일을 그만두었다고 했습니다."

"그래요…."

"사실, 열두 가지만으로도 충분합니다. 일흔여덟 개는 너무 복잡하지요."

"열두 가지가 뭐죠?"

"인간의 열두 가지 감정입니다. 증오, 욕망, 후회, 미련, 두려움, 슬픔, 아픔, 그리움, 질투, 집착, 분노, 그리고…."

"그리고?"

"뭐라고 생각합니까."

"아마… 사랑이겠죠."

막다른 골목에 몰려, 나는 대답을 뱉어낸다.

"우리 킬러들은, 의뢰인의 요구에 따라 그들이 원하는 감정을 죽이게 됩니다."

"…그랬군요. 사랑을 죽여달라는 사람들이 가장 많았겠죠?"

"그 결과, 이렇게 된 것입니다."

"그 결과, 세상이 끝나게 된 거군요."

해변으로 다가오는 요트

꿈을 꾸었다. 육지도 보이지 않고 수평선도 보이지 않는, 깊고 깊은 바다 한가운데 나는 떠 있었다. 작은 배 안에 누워 하늘을 보고 있었는데, 그 배는 철이나 나무가 아니라 비닐로 만들어진 튜브 같은 것이었다. 때때로 새들이 다가왔다가 다시 날아갔다. 저렇게 슬픈 눈을 하고 물고기를 낚아채어 가다니, 잔인하잖아, 저 날카로운 부리로 이 작은 배를 찢으면, 나도 바다 속으로 가라앉겠지, 숨이 막혀 죽기까지 너무 오래 걸리지 않으면 좋겠는데, 하고 꿈속에서 나는 생각했다.

"하지만 세계가 끝나는 것이 킬러들의 잘못이라고 할 수는 없습니다."

킬러가 말한다. 그는 인간이 지니고 있는 감정들 중에서, 그들이 원하지 않는 감정을 선별하여 죽일 수 있다. 지금까지 수많은 사람들이 혼란과 갈등의 원인을 제거하기 위해, 킬러들의 힘을 빌려, 자신의 감정과 타인의 감정을 죽여 왔다. 만약 킬러들이 없었다면, 그들은 서로를 죽였을 것이다.

"잘 알겠지만, 킬러들은 일을 시작하기 전에 자신의 감정을 모두 제거하게 됩니다. 그러나 저의 의뢰인은 그 작업을 하지 않았습니다. 처음부터 감정이 부족했기 때문에 굳이 그럴 필요가 없었던 것입니다."

그의 눈은 꿈에서 본 새들의 눈을 닮았다. 슬프지만 차갑다.

"무슨 목적으로 찾아온 건가요? 그 사람은?"

"부탁을 했습니다. 일흔여덟 가지 감정 중 자신이 다룰 수 있었던 열두 가지를 제외한, 나머지 예순여섯 가지의 감정을 가르쳐달라고 했습니다."

"가르쳐줬나요? 그에게?"

"그가 말하기를, 자신은 지금까지 세계가 끝나는 것을 보기 위해 살아온 것 같다고 했습니다. 그리고 그 모든 것이 무덤덤하게 느껴진다고 했습니다. 어떤 것을 상상했느냐고 내가 물었습니다."

"소리 지르고, 울고, 후회하고, 사랑했지만 헤어져야 했던 사람을 찾아 헤매고… 대체로 그런 것을 상상하지 않나요?"

"그렇습니다. 그는 지금까지 한 번도 그런 것을 해본 적이 없다고 했습니다. 한마디로 요약하는 건 불가능하지만, 그것이 일흔여덟 번째 감정입니다."

"어떤 것이?"

"자신과 세계에 대한 연민입니다."

눈보라가 그친 바닷가에 나는 앉아 있다. 저 멀리서 흔들리는 배 한 척이 나를 향해 다가오고 있다. 순간 갑자기 나는 무엇인가를 깨닫는다.

"나도 만난 적이 있나요? 그 의뢰인을?"

"그럴 거라고 생각합니다."

"내가 그 사람을 찾아갔었나요? 나의 어떤 감정을 죽여달라고?"

"삼 년 전의 일입니다."

"당신은 삼 년 전에 킬러가 되기로 결심했다고 그랬죠?"

"그랬습니다."

"왜 킬러가 되려고 했나요?"

"사랑하는 사람을 떠나보냈습니다."

"그녀는 킬러를 찾아갔나요?"

"그렇다고 들었습니다."

"사랑의 감정을 지워달라고?"

"그리고 저를 잊었습니다. 정확하게는 저를 사랑했던 그녀 자신을."

갑자기 모든 것이 선명해진다.

"내가 찾아갔던 킬러가, 이틀 전에 당신을 찾아온 의뢰인이었던 거군요. 그리고 당신은…."

손바닥만 한 창을 배경으로 한 남자가 앉아 있다. 한때 내가 사랑했던, 그러나 지금은 기억나지 않는, 며칠 전 A라벨의 프로페셔널 킬러가 된 남자다. 방 한쪽 구석에 놓인 낡은 라디오 안에서 마리아 칼라스가 노래를 부르고 있다. 우리는 기다리고 있다. 이 세계가 끝나는 순간을.

"자책하고 있나요."

나는 묻는다. 그는 고개를 끄덕인다.

"세상에는 많은 일이 일어난다고 그랬죠. 우리가 아무것도 하지 않아도. 그런 일이 일어났을 때 가장 견디기 힘든 건, 그런 상황에서 할 수 있는 것이 아무것도 없다는 거예요."

그는 잠자코 나의 이야기를 듣는다.

"아마 난 그때 그 일을 후회하고 있을지도 몰라요. 만약 또다시 그런 일이 생기면…."

"생기면?"

그가 묻는다.

"후회하고 두려워하고 눈물을 흘릴 거예요."

"그것으로 견딜 수 있겠습니까?"

"아뇨, 하지만 삶에서 가장 소중했던 감정을 잃어버리는 것보다는, 그 편이 나을 거라고 생각하니까요."

나는 미소를 짓는다. 어째서 나를 떠나보낸 거냐고, 왜 그 아름다운 약속들을 모조리 부순 거냐고, 그 후 당신의 삶은 여전히 지속되어온 거냐고, 나는 묻지 않는다. 그 대신, 이렇게 묻는다.

"우리, 세계의 끝에 대해 여러 번 이야기한 적이 있었죠?"

그는 대답 대신, 터너의 화집을 내민다. 나는 손가락으로 터너의 그림을, 세계의 끝을 어루만진다.

"그래요. 이렇게 고요하고 환하고 평화롭고 따뜻한 무엇이 곧 우리를 집어삼키겠죠. 정말 이상해요. 마지막이란 건 어째서 이토록 시작과 닮아 있을까요…."

"그 시작이 시작되면, 어디로 가고 싶습니까?"

그가 묻는다. 나는 대답하지 않고, 조용히 일어나서 밖으로 나온다. 나는 언제나 당신 없이 자유로울 수 있는 곳으로 가고 싶었고, 마침내 그곳에 도착한 듯하다. 곧 세계는 끝이 날 것이다.

꽃을 잡고

십이월의 날들이 얼마 남지 않은 어느 밤, 한 남자가 의도적으로 길을 잃는다. 송년회는 생각보다 일찍 끝났고 사람들은 뿔뿔이 흩어졌다. 전형적인 삼십 대 샐러리맨, 이름 대신 김 과장이라는 호칭으로 불리는 남자, 기다리는 사람도 없고 갈 곳도 없고 쥐뿔도 없는 그는 이 상황이 마음에 들지 않는다. 그렇다고 큰소리로 투덜거리며 일행을 붙잡을 용기도 없었다. 전철로, 택시로, 버스로 떠나는 이들을 배웅하고 홀로 남아 뒷골목을 헤맨다. 그냥 돌아가기에는 취기가 부족하다. 혹은 취기가 과하여 더 마셔야겠다는 호기를 부리는 것인지도 모른다.

술이 필요하다고, 아니 사람이 필요하다고 중얼거리며 비틀거리던 그는 자신이 막다른 골목 끝까지 와 있다는 것을 깨닫는다. 불 꺼진 한옥들이 낮은 어깨를 기대고 있는, 한적하고 고요한 주택가다. 어둠과 침묵을 동반한 차가운 바람이 몰려와 그의 의식을 흔들어 깨운다. 반쯤 머쓱하고 반쯤 섬뜩한 기분으로 걸음을 돌리려는 그의 시야에 동그랗고 작은 등 하나가 들어온다. 반짝반짝, 길을 알려주듯 비치는 등불 속에 두 개의 글자가 얌전히 자리를 잡고 있다.

有花.

유화. 사탕을 굴리듯, 남자는 입안에서 그 이름을 굴려본다. 몇 걸음 가까이 다가가자, 허름하지만 단정한 나무 대문이 드러난다. 남자는 아직 모르지만, 대문 안쪽에는 작고 정갈한 마당이 있고, 그 마당을 지나면 반듯한 창호지를 바른 장지문이 있다. 장지문 너머에 한 여자가 그림처럼 앉아 있다. 소박한 한복을 다소곳이 차려입고, 검은 머리카락을 곱게 올려 비녀를 꽂았다. 나지막한 문갑과 거울이 달린 빗접이 한쪽 벽에 놓여 있고, 편지를 꽂아두는 고비가 벽에 걸려 있다.

무언가를 가늠하듯 여자가 눈을 가늘게 뜨고 문 쪽을 바라볼 때 삐걱, 하고 문소리가 들린다. 여자는 천천히 일어나서 방문을 연다. 막 마당 안으로 발을 들여놓은 남자가 깜짝 놀라 두어 걸음 뒤로 물러선다. 여자의 입술 사이로 휘파람처럼 가는 음성이 흘러나온다.

"드시지요."

눈이 동그래진 남자가, 아니, 저, 그러니까, 하며 할 말을 찾는 동안, 여자는 나비처럼 마당으로 내려와 고무신을 신고 허리를 굽힌다.

"목을 축이실 약주와 요기하실 안주거리를 곧 준비해 올리겠습니다."

얼떨결에 반쯤 허리를 숙이고, 남자가 묻는다.

"여기, 술집입니까?"

여자는 대답 대신, 다시 한 번 권유한다.

"어서 안으로 드시지요. 날이 찹니다."

여자는 유기반상기를 받쳐 들고 방으로 들어온다. 남자는 따뜻한 아랫목에 손을 묻고 두리번거리는 중이다. 반상기 위에는 뚜껑이 덮인 놋그릇 다섯 개, 술병과 술잔, 수저가 놓여 있다. 여자가 뚜껑을 차례로 열자 숙채, 생채, 구이, 조림, 전, 그리고 젓갈이 모습을 드러낸다.

"내가 취한 건가? 귀신에 홀린 건 아니겠죠? 마치 조선시대에 와 있는 것 같구만."

남자의 말에, 여자는 살포시 웃으며 술잔을 채운다. 홀짝, 남자가 술을 마시는 사이, 여자는 생선의 살을 발라 숟가락 위에 놓아준다. 그것을 날름 입안에 집어넣고 남자는 감탄사를 뱉는다. 부드럽고 깔끔하면서도 여운이 깊은 술맛과 숯불의 향이 밴 생선의 살이 조화롭다.

"이 근처에 몇 번 왔는데, 이런 집이 있는 줄은 몰랐어요. 간판도 오늘 처음 봤는데."

역시 술집이었어. 비로소 마음이 놓인 남자가 말을 붙인다.

"손님이 오시면 등을 끕니다. 하루에 한 분만 받으니까요."

남자의 어깨가 한 뼘 높아진다. 특별한 사람이 된 기분이다.

"호오. 그래서 장사가 돼요?"

"돈을 벌고자 하는 일이 아닙니다."

홀짝, 남자가 다시 술을 들이켜고 여자가 잔을 채운다. 안주가 좋은 탓인지 술이 물처럼 넘어간다.

"그럼?"

동그랗고 노릇노릇한 전을 집으며 남자가 묻는다.

"기생의 본분을 지킬 뿐이지요."

"기생?"

앵무새처럼 여자의 말을 반복하면서 남자는 고개를 갸웃거린다.

"저는 유화라고 합니다. 있을 유에 꽃 화를 씁니다."

"유화? 그 등에 쓰여 있던… 꽃이 있다는 뜻인가?"

남자가 기억을 더듬는다. 반쯤은 취해 가는데 반쯤은 술이 깨는 느낌이다.

"예. 유화라는 이름은 물려받은 것입니다."

"물려받아?"

이야기가 재미있어진다고, 재미있는 곳을 찾았다고, 혼자 골목을 헤매길 잘했다고 남자는 생각한다.

"저에게 이름을 물려주신 분은, 그 윗분에게 물려받았습니다."

"그럼 아주 옛날부터 이 집이 있었단 말이에요?"

"정확한 연도는 모르지만, 천육백이십 년경, 조선 선조 때 처음 생겼습니다."

여자의 말에, 남자의 입이 벌어진다.

"세상에! 그럼 그때부터 맥을 이어온 거요? 대체 어떻게?"

여자는 무릎 위에 두 손을 올리고 자세를 바로잡은 다음, 찬찬히 설명한다.

"유화라는 이름을 지닌 기생이 대를 물릴 때가 되면, 다음 기생을 낙점하지요. 기생으로 낙점된 이는, 일 년 정도 수업을 받게 됩니다. 아주 오래전에는 오 년 정도 받았다고 하는데, 그것이 삼 년으로 줄고 일 년으로 줄었다고 들었습니다."

"오오. 어떤 수업을 받는데요?"

남자의 관심이 기쁜 듯, 여자는 얼굴을 살짝 붉힌다.

"기생으로서 지녀야 할 것들을 배우는 거지요. 기생이란 본래, 특별한 분야의 기예를 익힌 여성을 지칭하는 말이었습니다. 그것이 화류계에 몸담고 있는 여인들을 가리키는 말로 변하였는데, 기예를 익혀야 한다는 것만은 변하지 않아서, 기생이 되려면 소리와 가무에 두루 능해야 하고, 가야금이나 거문고, 비파, 대나무로 만든 피리 등도 익혀야 합니다."

"그럼 유화 씨는 그런 걸 다 할 수 있다는 건가요?"

부끄러운 듯, 여자의 어깨가 약간 기울어진다.

"미천한 솜씨지만, 흉내는 낼 수 있습니다."

"이야. 굉장하네요. 그럼, 유화 씨의 대를 이을 기생도 있어요?"

"안타까우나, 유화라는 이름은 제 대에서 끊어질 것입니다."

여자의 눈가가 촉촉해진다. 이야기를 계속하라는 의미로, 남자는 고개를 끄덕인다.

"한때는 수많은 이들이 유화라는 이름을 이으려고 아기 기생으로 들어왔다고 합니다. 그래서 저희 선대 기생들은, 개중 가장 알맞은 이를 찾으려고 노심초사하였지요. 하나 언제부턴가 대를 이을 기생을 찾기가 힘들어졌고, 제 대에 이르러 그 맥이 끊어져버렸습니다."

"저런. 거참 안타깝네. 이렇게 좋은 술집인데."

저도 모르게 남자는 탄식을 한다.

"저희도 주안상을 올리고는 있지만, 그렇다고 술집이라 할 수는 없습니다."

"어째서요? 요정 같은 거 아닌가?"

슬쩍, 남자의 마음에 불안이 인다. 어쩐지 좀 묘한 곳에 와버린 거 아닌가 싶다.

"차차 아시게 될 것입니다. 그보다 약주를 조금 더하시겠습니까?"

에라, 모르겠다, 남자는 입맛을 다신다.

"벌써 술병이 비었나?"

그날 밤은 그렇게 깊어간다. 은밀하고 농밀하게, 한 모금의 깨끗한 술이 목을 타고 넘어가듯, 알알하고 싸하게. 남자의 청을 받고 여자는 소리를 들려준다. 병자호란 때 성천의 명기 부용이 부른 〈수심가〉를, 황진이가 임을 그리며 지은 〈상사몽〉을, 김억의 시에 이면상이 곡을 붙이고 평양기생 선우일선이 부른 〈꽃을 잡고〉를.

> 인생 일장춘몽이요 세상 공명은 꿈 밖이로구나. 생각을 하니 님의 생각이 간절하여 나 어이 할까요. 서로 그리워 만나는 건 다만 꿈에 의지할 뿐, 내가 임 찾으러 갈 때 임은 날 찾아왔네. 하늘하늘 봄바람에 꽃이 피면 다시 못 잊을 지난 그 옛날, 지난 세월 구름이라 잊자건만 잊을 길 없는 설은 이 내 마음, 꽃을 따서 놀던 것이 어제련만 그 님은 가고 나만 외로이.

소리의 마지막 여운이 나비처럼 팔랑팔랑 흩어지자, 남자는 이유 없이 한숨이 나온다. 마음 한쪽이 시리고 아릿하다.

"저, 여기 자주 와도 될까요?"

왠지 조심스러워져서, 남자는 목소리를 낮춘다.

"언제든지 오셔요. 다만 동지섣달 아흐레 되는 날이, 유화의 마지막 날입니다."

마지막? 동지섣달 아흐레? 흐릿한 취기 속에서 남자는 날짜를 헤아려본다.

"십이월 삼십일일입니다."

도대체 왜? 라고 묻는 남자의 눈을 바라보며, 여자가 답한다.

"저도 이제 물러날 때가 되었기 때문입니다."

남자는 무슨 말을 해야 할지 알 수가 없어 잔을 든다. 하지만 술잔도 술병도 이미 다 비었다. 그때까지 부지런히 술을 날라주고 따라주던 여자는 이제 아무 말도 않고 고요히 앉아 있다. 하릴없어진 남자의 손이 잠깐 허공을 맴돌다가 내려간다. 그의 시선이 문득 손목에 찬 시계에 머문다.

"어라. 시간이 이렇게나…."

남자는 머쓱해져서 자리에서 일어선다. 아닌 게 아니라 새벽 다섯 시를 넘어가고 있다. 여자는 스르르 일어나 남자의 겉옷을 입혀준다. 반쯤 풀어진 넥타이를 고쳐 메다가 남자가 아차, 하고 동작을 멈춘다.

"여기 카드도 됩니까? 현금이 별로 없는데…."

여자는 살포시 미소를 머금는다.

"계산을 하실 필요는 없습니다."

"공짜란 말이에요? 이게 전부 다?"

남자의 입이 벌어진다.

"아니, 그러면 안 되지. 술도 많이 마셨는데."

여자는 잠깐 머뭇거리다 남자와 시선을 맞춘다.

"정히 마음이 편치 않으시다면, 제 청을 들어주세요."

역시 수상쩍은 곳이었다고, 남자는 생각한다. 그렇다고 여자를 탓할 마음은 없다. 그날까지 살면서 이런 대접을 받아본 적은 없었다. 누군가 자신만을 위해 술상을 차려주고 귀를 기울여주고 소리를 들려주었다. 여자의 태도에 거짓은 없었다. 마음에는 따뜻함이 있었고 눈빛에는 다정함이 있었다. 부드러운 물결이 살갑고 애틋하게 온몸을 휘감는 느낌이었다.

"내가 들어줄 수 있는 거라면 뭐든 좋아요."

진심을 담아, 남자가 말한다.

"동지섣달 아흐레가 되기 전에, 한 번 더 들러줄 수 있으십니까."

"내가 바라던 바예요."

흔쾌한 마음으로, 남자는 승낙한다.

"그날 올게요. 십이월 삼십일일. 그런데 내가 마지막 손님이라도 괜찮겠어요?"

"고맙습니다."

여자는 고개를 숙이고 말을 잇는다.

"그러면 그날 반드시 오시겠다는 증거로, 증표가 될 만한 것을 하나 주시겠습니까. 몸에 지니고 계신 것이라면 무엇이든 괜찮습니다."

뭔가에 홀린 기분으로, 남자는 순순히 주머니를 뒤진다. 하지만 마땅한 물건을 찾을 수가 없다. 고심 끝에 남자는 고쳐 맨 넥타이를 다시 푼다.

"이거라도 괜찮겠어요?"

남자가 건넨 넥타이를, 여자는 공손하게 받아 든다.

"저에게는 과분한 것입니다."

장지문을 열자 겨울의 바람이 밀려온다. 밖은 아직 어둠 속에 잠겨 있지만, 곧 날이 밝을 것이다. 언제나 그랬듯이.

십이월의 마지막 밤이다. 술자리에서 일어서려는 남자를 친구들이 자꾸만 붙드는 바람에, 그는 또 취해버렸다. 남자가 골목길을 헤매는 동안, 멀리서 제야의 종소리가 들리기 시작한다. 그 골목길 어딘가에 작은 등불 하나가 켜져 있고, 허름하지만 단정한 나무 대문이 있다. 대문 안쪽의 작고 정갈한 마당과 반듯한 창호지를 바른 장지문을 남자는 알고 있다. 장지문을 열면 소박한 한복을 입고 검은 머리를 올린 여자가 그림처럼 앉아 있을 것이다.

마음이 급해진 남자는 흐트러진 걸음걸이로 이 골목 저 골목을 뒤진다. 서른세 번째 종소리가 울리고, 온 세상이 적막에 휩싸인다. 그 순간, 남자는 '유화'를 발견한다. 대문을 두드리고 유화의 이름을 불러보지만 아무런 대답도 듣지 못한다. 몇 번이나, 몇 번이나 문을 두드리던 남자가 손을 뻗어 등을 만져본다. 이제 막 불이 꺼진 듯, 아직 온기가 남아 있다. 어떤 기척처럼, 조금 전까지 존재하던 무엇이 사라진 흔적처럼.

인생에서 지나칠 정도로 흔하게, 빈번이 일어나는 그런 일은, 그런 식으로 몇백 년이나 반복된다. 시간은 흐르고 사람은 사라진다. 그리하여 잊을 길 없는 외로운 마음만, 봄바람 속에 남는다. 언제까지나.

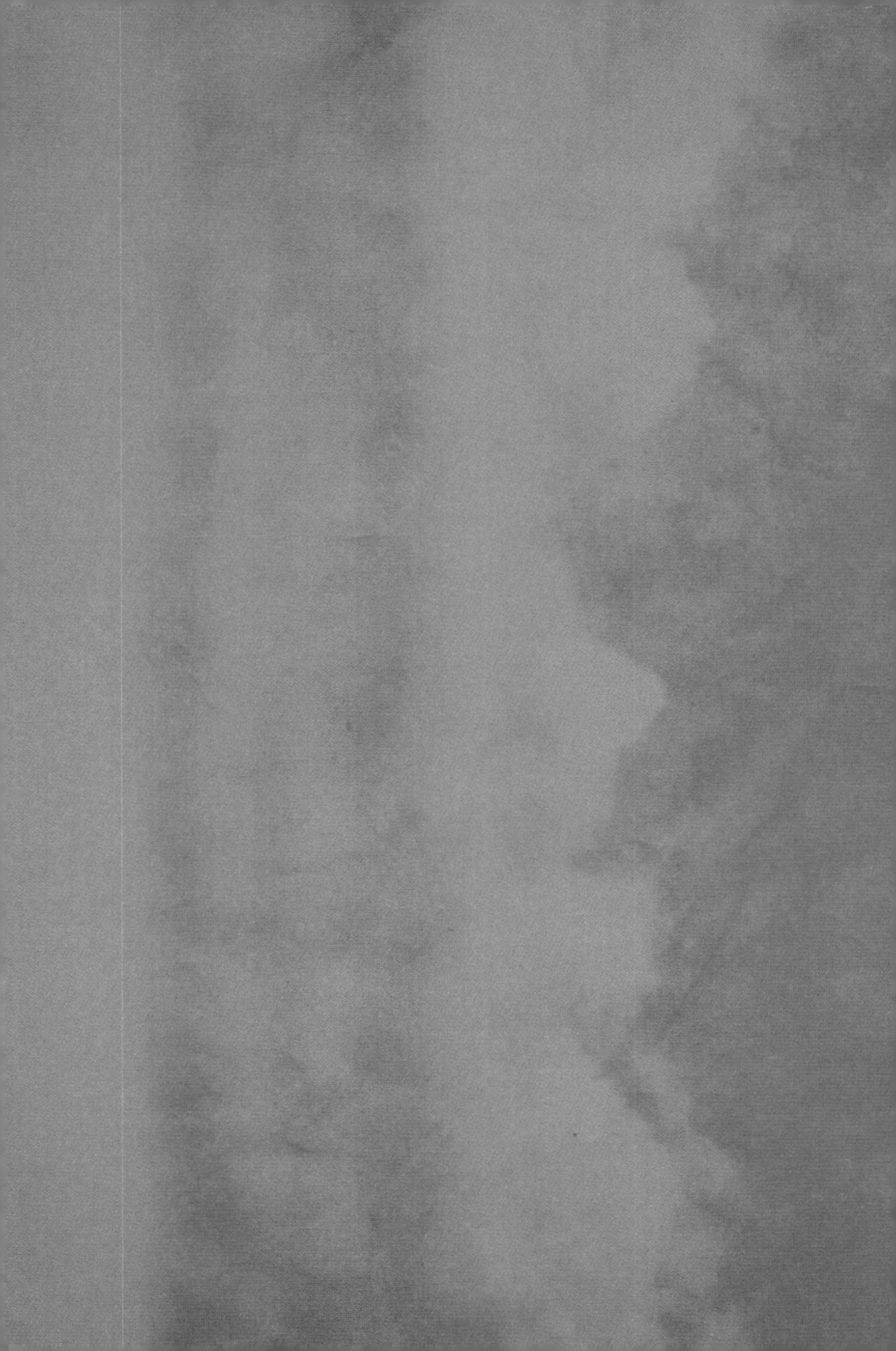

어느 새의 초상화를 그리려면

우선 문이 열린/ 새장을 하나 그리세요/ 그다음/ 무언가 예쁜 것을/ 무언가 단순한 것을/ 무언가 쓸 만한 것을 그리세요/ 새를 위해/ 그러고 나서 그 그림을 나무에 걸어놓으세요/ 정원에 있는/ 또는 산속에 있는/ 어느 나무 뒤에 숨겨놓으세요/ 아무 말도 하지 말고/ 꼼짝도 하지 말고…

아직 녹지 않은 눈들이 군데군데 남아 있는 삼월의 초입이다. 남자는 그 눈들이 자신의 마음속에 희미하게 남아 있는 얼룩과 흡사하다고 생각한다. 그가 앉아 있는 벤치는 사람들의 발길이 닿지 않는, 공원의 한적한 곳에 놓여 있다. 봄을 시샘하는 바람이 날카롭게 그의 옷깃 속으로 파고든다. 그러나 남자는 움직이지 않는다. 그의 시선은 먼 하늘 어딘가에 닿아 있는 것 같지만, 무엇을 보고 있는지는 알 수 없다. 간혹 창백한 빛깔을 띤 그의 입술 사이로 가느다란 한숨이 새어 나온다. 누군가 그를 향해 걸어온 것은, 남자가 막 일곱 번째 한숨을 거두어들이려 할 때다.

남자는 고개를 들고, 자신을 굽어보며 서 있는 사람을 본다. 마흔? 쉰? 예순? 쉽게 짐작할 수 없는 나이, 거친 머리카락과 피부, 낡고 두툼한 겨울 외투, 투박한 군화. 초라한 행색이지만 거지나 노숙자처럼 보이지 않는 건, 느긋한 눈빛과 한 손에 들고 있는 스케치북 때문이다.

스케치북을 든 사람은 남자를 향해 싱긋, 미소를 지어 보인다. 불순한 의도라고는 전혀 없는, 깨끗하고 단순한 미소다. 남자는 '무슨 일입니까?' 하고 눈으로 묻는다.

"배가 고파서 그러는데…."

쉽게 짐작할 수 없는 나이의, 그러나 대충 '아저씨'라고 부를 수 있을 것 같은 사람은 그렇게만 말하고 입을 다물어버린다.

"예?"

"컵라면 하나 사줄래요?"

아저씨는 태연하게 말을 잇는다.

"컵… 라면이요?"

"그렇지, 컵라면."

남자는 멍한 얼굴로, 주머니에 손을 넣고 잡히는 대로 지폐

한 장을 꺼낸다. 하지만 아저씨는 남자가 내민 천 원짜리 지폐를 보고 고개를 흔든다.

"아니아니, 돈 말고, 컵라면."

컵라면이라니. 엉뚱한 일에 휘말리는 건 아닌가, 생각하며 남자는 자리를 뜨기 위해 일어선다. 하지만 아저씨는 남자를 가로막고, 손가락으로 공원 입구 쪽을 가리킨다.

"저기, 매점에서 팔아."

이것으로 설명은 충분하다는 듯, 아저씨는 자신이 가리킨 방향을 향해 몸을 틀며, 남자를 향해 어서 오라고 손짓을 한다. 친구나 동생, 혹은 아들을 부르는 듯한 다정한 손짓이다. 그 손짓에 이끌려, 남자는 주춤주춤 그의 뒤를 따른다.

매점 안에서 보글보글 물 끓는 소리가 들린다. 두 사람은 매점 앞에 놓인 테이블 앞에 앉아 있다. 아저씨는 컵라면이 익기를 기다리고 있고, 남자는 자신의 몫으로 자판기에서 뽑은 커피를 두 손으로 감싸고 온기를 느끼는 중이다. 남자를 유심히 살펴보던 아저씨가 스케치북을 펼치고 무언가를 그리기 시작한다. 빠르고 익숙한 손놀림이다. 남자는 고개를 들고, '지금 무얼 하는 겁니까?' 하고 눈으로 묻는다.

"눈매는 가까이서 보지 않으면 잘 모르거든."

아저씨는 대답 대신 지금 막 완성된 스케치를 내민다. 남자의 얼굴이다.

"이거… 저예요?"

깜짝 놀란 남자가 묻고, 미소를 지으며 아저씨는 컵라면 뚜껑을 연다.

"그림 그리는 분이세요?"

"그림 그리는 분은 무슨."

아저씨는 라면을 먹기 시작한다. 어찌나 맛있게 먹는지, 남자는 저도 모르게 침을 꼴깍, 삼킨다.

"프레베르 알아?"

국물을 들이키며 아저씨가 묻는다.

"예?"

"자크 프레베르. 자네도 새장 한번 그려보겠어?"

"예?"

"먹고 얘기하지."

국물 한 방울 남기지 않고, 아저씨는 컵라면을 깨끗하게 비운다.

때로 새가 빨리 오기도 하지만/ 마음을 먹기까지에는/ 오랜 세월이 걸리기도 하죠/ 용기를 잃지 마세요/ 기다리세요/ 그래야 한다면 몇 년이라도 기다려야 해요/ 새가 빨리 오고 늦게 오는 건/ 그림이 잘되는 것과는 아무 상관이 없답니다/ 새가 날아올 때엔/ 혹 새가 날아온다면/ 가장 깊은 침묵을 지켜야 해요/ 새가 새장 안에 들어가기를 기다리세요/ 그리고 새가 들어갔을 때/ 붓으로 살며시 그 문을 닫으세요

"얻어먹었으니 밥값을 해야지."

'밥값?' 남자는 눈으로 묻는다.

"좋은 이야기야. 옛날이야기지."

아저씨가 대답한다. 뭔가 이야기를 들려주려나 보군, 남자는 잠자코 고개를 끄덕인다.

"옛날에 시인이 한 사람 있었어. 태어날 때부터 시인이었지. 천구백 년에 태어나 파리에서 살았어. 오래 살았지. 나중에 영화 시나리오도 썼지만, 난 이 사람 시가 좋아."

"네."

"다들 좋아했어. 그런데 어느 날 이 시인한테 고민이 하나 생겼지. 사랑에 대한 시를 많이 쓰긴 했는데, 그런 게 과연 사랑일까, 싶은 거야."

"…."

"그런 생각들 하지 않아? 좋아하던 사람하고 맺어진다고 해서 사랑이 완성되는 건 아니거든. 그런데 이야기는 보통 거기서 끝나버린단 말이야. 갈등, 고통, 절망, 이런 것들이 그다음에도 무지하게 따라오잖나. 그렇다면 사랑이 이루어진다는 건 도대

체 뭘까."

아저씨는 잠깐 말을 멈추고, 유심히 남자의 안색을 살핀다.

"시인은 고민했어. 그리고 결론을 내렸지. 지금까지 사랑 아닌 걸 사랑이라고 착각하며 살았는지도 모른다, 제대로 된 사랑의 방법을 찾아야겠다…."

"…."

"알겠나? 첫 단추를 제대로 채워야 하는 것처럼, 제대로 된 사랑을 하려면 제대로 된 단계를 거쳐야 하거든. 제일 먼저 할 일은, 새장을 그리는 거야. 그리고 그 새장을 나무에 걸어놓는 거지."

"…그러고요?"

"기다리는 거야."

"뭘요?"

"뭐냐니. 당연히 새가 날아오기를 기다리는 거지."

"새가… 날아와요?"

"그럼. 새장의 문을 열어놓는 게 포인트야. 이거 좀 보게."

아저씨는 테이블 위에 놓인 스케치북을 한 손으로 후루룩, 훑어 보인다. 조금 전에 완성된 남자의 얼굴 스케치만 제외하고, 스케치북 한 권이 온통 새장으로 채워져 있다.

"난 새장을 수백 개도 더 그렸어. 이런 스케치북으로 몇십 권이지."

"…."

"사실, 그림이 잘되고 안 되고는 상관없다고 시인이 그랬어. 하지만 마음의 문제야."

"마음?"

"사심이 있으면 안 되거든. 그 여자를 내 것으로 만들겠다, 내가 차지하겠다, 그런 마음 있잖아. 아무래도 젊은 나이에는 힘들지."

"그다음에는요?"

"그다음?"

"만약에 새가 날아오면?"

"아아, 그 시를 읽어봐. 「어느 새의 초상화를 그리려면」이란 제목이지. 시인의 이름은 자크 프레베르…."

아저씨는 잠깐 호흡을 가다듬고, 갑자기 낮은 목소리로 조용히 일러준다.

"그런데 말이야, 사람들이 모르는 비밀이 하나 있어."

"비밀요?"

"사실 난 자크의 친구거든."

"네?"

"그때 난 스무 살이었지. 자크는 이미 할아버지였지만, 뭐 그런 건 중요한 게 아니니까. 우리는 몽마르트르에서 만났어."

"…."

"누가 피아노를 치고 있는 술집이었는데. 아, 당연히 재즈였지. 거기서 셰리주를 마셨어."

아저씨는 얼굴 가득 자랑스러운 미소를 띤다. 자크? 몽마르트르? 셰리주? 남자는 길을 걷다가 전봇대에 부딪친 사람처럼 어이없는 표정으로 아저씨를 바라본다.

그다음/ 모든 창살을 하나씩 지우세요/ 새의 깃털 한끝도 다치지 않게 말이죠/ 그러고 나서 가장 아름다운 나뭇가지를 골라/ 나무의 모습을 그리세요/ 새를 위해/ 푸른 잎새와 싱그러운 바람과/ 햇빛의 반짝이는 금빛 부스러기까지도 그리세요/ 그리고 여름날 뜨거운 풀숲 벌레들의 소리를/ 그리세요

"커피 한잔 사주겠나."

꿈에 잠긴 듯한 행복한 표정으로 하늘을 보고 있던 아저씨가 남자에게 다시 말을 건다.

"자판기 말고 아주머니가 타주는 걸로 부탁해."

남자는 순순히 일어서서 매점을 향해 걸어간다. 무슨 소린지는 몰라도 행복해 보이는군, 내 기분도 조금쯤 가벼워지는 것 같은데, 그는 생각한다. 커피를 타며, 매점 아주머니는 빙글빙글 웃는다.

"또 시작이네, 저 아저씨."

혼잣말이긴 하지만, 남자가 듣기를 원하는 말이다.

"예?"

"예전에 불란서 살았다고 그러죠?"

아주머니는 근질근질한 입을 열어 남자에게 고자질을 시작한다.

"예? 아, 예."

"'자꾸' 뭐라나, 무슨 시인하고 친구라고 그러고?"

"아… 예."

"저 아저씨 수법이야. 총각처럼 순진하게 생긴 사람 골라서 라면 얻어먹고 커피 얻어먹고."

남자는 그 이야기를 믿고 싶지 않다.

"…나쁜 분 같아 보이진 않던데…."

"나쁜 사람은 아니지. 나도 뭐 나쁠 거 없고."

아주머니는 재미있다는 듯 연신 빙글빙글 웃는다.

"그냥 외로운 아저씨한테 좋은 일 한다, 생각해요. 커피 다음에는 소주랑 오징언데. 오징어 좀 구워줄까?"

남자는 빨개진 얼굴을 감추기 위해, 커피를 빼앗듯 받아 들고 돌아선다. 이것만 주고 그냥 가는 게 좋겠어. 테이블 위에 커피를 놓고 마지막 인사를 하기 위해 쭈뼛거리는데, 입이 잘 떨어지지 않는다.

"앉지 않고 뭐해?"

아저씨는 남자의 기색을 살핀다.

"무슨 소릴 들었구만?"

"…."

"나를 못 믿겠어?"

아저씨가 슬픈 눈을 하는 바람에, 남자는 아, 아뇨, 하고 말끝을 흐리며 무너지듯 의자에 앉는다.

"난 안 믿어도 괜찮아. 하지만 그 시는 진실이야."

"…."

"천사가 알려준 거거든."

이번엔 천사라고? 남자는 가벼운 한숨을 뱉는다.

"자크가 나한테 털어놨지. 사실은 천사가 알려준 거라고."

아저씨는 남자의 반응에 아랑곳없이 목소리를 더욱 낮추며 소곤거린다.

"그렇다니까."

어쩔 수 없군, 더 이상 들어줄 필요가 없겠어, 생각하며 남자는 엉거주춤 몸을 일으킨다.

"가려고?"

담담한 어조로, 아저씨가 말한다.

"아저씨도 일찍 들어가세요."

마음이 불편해진 남자는 생각 끝에 따뜻한 말을 한 마디 덧붙인다.

"아직 바람이 차요."

아저씨는 더 이상 붙잡지 않는다. 남자가 뚜벅뚜벅 걸음을 옮길 때, 부드럽고 상냥하고 달콤한 하모니카 소리가, 아직 차고 쓸쓸한 공원을 통과한다. 겨울이 채 빠져나가지 않은 공간 속으로 사뿐사뿐 불어오는 봄바람 같은 선율이, 돌아선 남자의 마음에 휘감긴다. 등이 간지러워진 남자는 몸을 돌려, 하모니카를 불고 있는 아저씨를 바라본다. 반쯤 남은 식어버린 커피 옆에서 스케치북이 바람에 팔랑거린다. 수십 장의 새장들이 함께 팔랑거린다. 그리고 얼마 후, 스케치북 옆에 소주 한 병과 오징어 한 마리가 놓인다. 하모니카 소리가 멎는다.

"뭐 하나만 물어봐도 돼요?"

남자는 결심한 듯 입을 연다.

"그럼."

아저씨는 흐뭇한 얼굴로 소주를 따르며 대답한다.

"왜 저한테 그런 이야기를 하셨어요?"

"그녀가 돌아왔지? 그래서 행복하게 살았습니다, 가 될 줄 알았는데 마음대로 안 되고."

"…."

"한잔해."

남자는 다시 자리에 앉아, 아무 말 없이 아저씨가 건네는 소주를 받는다.

이제 새가 마음먹고 노래하기를 기다리세요/ 혹 새가 노래하지 않는다면/ 그건 나쁜 징조예요/ 그 그림이 잘못되었다는 징조예요/ 하지만 새가 노래한다면 그건 좋은 징조예요/ 그러면 당신은 살며시 살며시/ 새의 깃털 하나를 뽑으세요/ 그리고 그림 한구석에 당신의 이름을 쓰세요

"자크가 말했지. 아니 사실은 천사가 말한 거지만 말이야."

빈 소주병, 먹다 만 오징어 다리, 반쯤 남은 채 식어버린 커피, 말끔하게 비워진 컵라면, 하모니카, 그리고 새장들로 가득 찬 스케치북이 테이블 위에 놓여 있다. 아저씨는 빈 병을 보며 아쉬운 듯 입맛을 다신다. 어쩌면 먼저 떠나버린 자크를, 또는 돌아오지 않을 몽마르트르의 그 시절을 아쉬워하고 있는 것인지도 모른다.

"새가 노래하지 않으면 나쁜 징조라고. 그림이 잘못된 거라고."

남자는 묵묵히 고개를 숙인 채, 그의 이야기를 듣고 있다.

"그저 새를 붙잡기만 해서는 소용이 없거든. 새가 노래해야 하는 거야. 그다음에 사인을 하는 거지."

아저씨는 스케치북을 넘기다 한 곳을 펼치고, 물끄러미 그 페이지를 응시한다.

"오늘은 고마웠어. 오랜만에 기분 좋은 날이야. 아까 마음에

드는 그림을 하나 그렸거든."

그는 망설임 없이 그림 한 장을 뜯어내고, 스케치북을 남자에게 건넨다.

"이건 자네가 가져."

남자는 그것을 받아든 채, 아저씨가 들고 있는 그림을 넘겨다본다.

"그걸로 뭘 하시게요?"

"말했잖나. 나무에 걸어놓는다고."

아저씨는 자리에서 일어선다.

"천천히 하라고. 기다리지 않아도 봄은 오니까."

휘적휘적 걸어가는 그의 뒷모습이 점점 멀어진다. 남자는 눈으로 그를 좇다가, 불어오는 찬바람에 몸을 떤다.

남자의 마음속에 남아 있는 희미한 얼룩 같은 눈들이 공원 여기저기에 흩어져 있다. 돌아갈 생각이 없는 듯, 혹은 어딘가 먼 곳을 향해 가듯, 남자는 여기저기 발자국을 남기며 나무 사이를 걷고 있다. 물이 오르지 않은 나무들, 아직 겨울 속에 있는 듯한 나무들이다. 그러나 나무 속에는, 땅속에는, 수많은 생명들이 바쁜 마음으로 봄을 준비하고 있을 것이다.

알고 있어, 나도, 그런 것쯤은. 남자는 그것이 마치 불쾌한 생각이라도 되듯, 머리를 흔들고 떨쳐버린다. 봄이 오기 직전이

가장 힘들어, 항상 그랬어. 남자는 먼 하늘을 보며 다시 한숨을 쉰다. 그러다가 몇 발자국 떨어진 어린 나무에 시선을 던진다. 나무의 메마른 가지에 그림 하나가 매달려 있다. 아저씨가 그린 새장이다. 남자는 그림을 향해 걸어간다. 이게 잘된 그림이라고? 여기에 새가 날아와서 노래를 부른다고? 자신이 한심해진 남자는 쓴웃음을 짓고 다시 걸음을 옮긴다.

아주 희미한, 그러나 분명한 소리가 들린 것은 그가 나무로부터 열 발자국쯤 멀어졌을 때다. 남자는 얼어붙은 듯 그 자리에 멈추었다가, 천천히 몸을 돌린다. 메마른 나뭇가지에 매달린 그림이 바람에 흔들리고 있다. 새의 모습은 어디에도 없다. 하지만 그건 틀림없이 새의 노래다. 끊어질 듯, 끊어질 듯 아슬아슬하고 가냘프게 이어지는, 희망의 작은 소리다.

본문에 삽입된 시는 자크 프레베르의 「어느 새의 초상화를 그리려면」 전문입니다.

바람은 그대 쪽으로

건조하고 투박한 눈이 온종일 내리고 있다. 남자는 조종석에 앉아 계기판을 점검하는 중이다. 너무 조용하군. 남자는 생각한다. 풀잎이 흔들리는 소리까지 들릴 것 같아. 하지만 이제 흔들릴 풀잎도 없지. 어디 보자, 조종용 계기, 기관용 계기, 항법용 계기…. 남자는 손가락 끝으로 버튼을 훑어나가다가 그중 하나를 꾹 누른다. 무거운 정적 속으로 핑크 플로이드가 파고들어, 그를 둘러싼 공간을 더욱 무겁게 가라앉힌다.

남자는 자리에서 천천히 일어나 고글을 벗는다. 심심해. 그는 생각한다. 세상이 끝장나버린 듯한 심심함이야. 남자는 한숨을 쉬며 주위를 둘러본다. 낡은 난로가 조용히 석탄을 태우고 있고 그 주위로 아무렇게나 옷가지들이 널려 있다. 한쪽 구석에는 씻지 않은 그릇들이 잔뜩 쌓인 싱크대가 있고, 동그랗고 작은 창 너머로는 지겹도록 눈이 내린다.

남자는 진열장을 가득 채우고 있는 모형 시누크들을 향해 시선을 돌린다. '시누크가 뭐죠?'라는 질문을 받을 때마다, '일종의 중형 헬기입니다. 이렇게 생겼죠' 하고 남자가 자랑스럽게 보여주곤 했던 모형들이다. 한때 시누크는 그의 삶의 전부였다. 바로 얼마 전까지만 해도 그랬다. 그는 완벽한 시누크를 만들기 위해 그에게 주어진 모든 시간과 노력과 돈을 바쳤다. 그 결과, 모든 것이 사라졌다. 단 하나, 지금 그를 태우고 있는 한 대의 시누크만 제외하고. 이제는 이걸 보여줄 사람도 없군. 남자의 목소리는 끝없이 쌓여가는 눈처럼 쓸쓸하다.

오랜만에 만난 연인을 외면하듯, 남자는 씁쓸한 미소를 지으며 시누크에서 시선을 거둔다. 그는 동그란 창으로 다가가 손바닥으로 창을 덮어본다. 손가락 사이로 무심한 눈발이 날아오른다. 털썩, 하고 그는 의자에 주저앉는다. 의자 옆에 있는 간이 테이블 위에는 지상의 마지막 꽃이 꽂혀 있는 작은 꽃병이 있고, 그 옆에는 낡은 시집 한 권이 놓여 있다. 남자는 시집을 집어 들고 한 곳을 펼쳐 읽기 시작한다.

어둠에 가려 나는 더 이상 나뭇가지를 흔들지 못한다. 단 하나의 영혼을 준비하고 발소리를 죽이며 나는 그대 창문으로 다가간다. 가축들의 순한 눈빛이 만들어내는 희미한 길 위에는 가지를 막 떠나는 긴장한 이파리들이 공중 빈곳을 찾고 있다. 외롭다,…

외롭다, 라는 구절이 그의 마음을 먹먹하게 만든다. 그의 손은 힘없이 시집을 떨어뜨리고, 그의 눈은 막연하게 창밖을 본다. 백만 번을 내다보아도 달라지지 않을 풍경이군, 하고 말하는 순간, 그의 호흡이 갑자기 멎는다. 무엇인가 달라졌다. 달라지지 않을, 달라질 수 없는 그 풍경 속의 무엇인가가.

처음에 남자는 그것이 무엇인지 정확하게 감지할 수 없다. 아주 짧은 그러나 또한 긴 시간이 흐른 후, 남자는 깨닫는다. 날리는 눈발 사이로 언뜻언뜻 비치는 희미한 그림자는 길을 잃은 산짐승이 아니라 커다란 가방을 들고 있는 한 여자다.

"저기요! 여보세요! 여기요!"

남자는 딱딱한 창을 두드리며 여자를 부른다. 들릴 리 없지, 생각하면서도 계속 소리를 지른다. 물론 여자는 듣지 못한다. 그러나 소리가 아닌 무엇이 여자에게 전해지고, 여자는 남자를 향해 몸을 돌린다. 두 사람의 시선이 허공에서 만난다. 남자는 손짓을 하고, 여자는 고개를 끄덕인다. 그 후에도 한동안, 그들은 움직이지 않는다. 믿어지지 않는 지금의 상황을 받아들이기에는, 아무래도 시간이 필요하다.

여자의 커다란 가방이 시누크의 입구 한쪽에 놓여 있다. 코트를 벗어 툭툭 눈을 털어내고, 여자는 걸음을 옮긴다. 그녀의 눈동자는 호기심으로 가득 차 있다. 잔뜩 들뜬 것은 남자도 마찬가지다. 그의 머릿속에는 수많은 질문들이 날아다니고 있다. 그러나 무슨 말을 먼저 꺼내야 할지 알지 못한 채, 남자는 여자를 조심스럽게 관찰한다. 여자는 모형 시누크들로 가득 찬 진열장 앞에서 걸음을 멈추고, 남자를 돌아본다. 그의 입에서는 이 세상에서 가장 진부한 인사말이 흘러나온다.

"저기, 뭐, 차라도 한잔…."

여자는 깜짝 놀란다.

"차가 있어요?"

"아, 그렇죠. 차는 없죠. 이제."

남자는 재빨리 자신의 말을 정정한다.

"괜찮아요. 그런데 여기서 뭘 하세요?"

"그러는 그쪽은…?"

"마지막 비행선을 놓쳤어요."

여자는 마치 버스를 놓친 것처럼 담담하게 말한다.

"그럴 수가!"

남자는 탄식을 내뱉는다.

"제가 원래 좀 느리거든요."

여자가 웃는다. 남자도 따라 웃어보지만, 워낙 오랜만이라

영 어색하다.

"그런데 아저씨는 뭐하고 있어요?"

천진한 목소리로, 그녀가 묻는다.

"그러니까 저는… 이걸 타고 가려고 그랬거든요."

망설이며, 남자가 대답한다. 이런 말로 설명이 될까, 하면서.

"와, 멋있다."

여자의 목소리가 커진다.

"근데 이게 제 칠 행성까지 날아가요?"

"그게 문제가 좀… 뭔가 고장이 난 것 같은데, 수리하는 사람들도 다 가버려서…."

"어머. 그럼 어떡해요?"

"고쳐야죠."

자신은 없지만, 남자는 속으로 생각하며 그렇게 말한다.

"고칠 수 있어요? 어렵지 않아요?"

"괜찮습니다, 이젠."

비로소 남자는 여자의 눈을 똑바로 바라본다.

"제일 어려운 문제는 외롭다는 거였으니까."

여자의 입가에 희미한 미소가 떠올랐다가 곧 사라진다.

"여기가 제 육 행성이었죠?"

"그렇죠."

남자는 고개를 끄덕인다.

"여긴 별로였어요. 꽃도 별로 안 예쁘고 나무도 별로 없고."

여자는 꽃도 나무도 없는 창밖을 내다본다.

"처음 왔을 때는 좀 나았죠. 십 년 전에는."

남자는 그녀의 시선을 따라가본다.

"제 오 행성에서는 이십 년이었던가요?"

여자가 묻는다.

"제 사 행성에서는 팔십 년 살았죠."

"점점 짧아지네요."

"행성들이 못 견디는 거죠, 갈수록."

그런가요, 하는 표정으로 여자는 남자를 본다. 남자는 어쩐지 쑥스러워져서 시선을 돌리고, 여자는 창 쪽을 향해 걸음을 옮긴다. 그녀의 시야에 한 송이 꽃과 시집이 들어온다. 여자는 낡은 시집을 집어 들고 제목을 소리 내어 읽어본다.

"입 속의 검은 잎… 기형도…."

"이백칠십 년 전의 시인이죠."

남자가 설명한다.

"어떤 시를 썼어요?"

여자의 말에, 남자는 흠흠, 목을 가다듬고 시의 한 구절을 암송한다.

외롭다. 그대, 내 낮은 기침 소리가 그대 단편의 잠속에서 끼어들 때면 창틀에 조그만 램프를 켜다오. 내 그리움의 거리는 너무 멀고 침묵은 언제나 이리저리 나를 끌고 다닌다. 그대는 아주 늦게 창문을 열어야 한다. 불빛은 너무 약해 벌판을 잡을 수 없고, …

벽에 걸린 커다란 시계는 열두 시를 가리키고 있다. 밤 열두 시인지 낮 열두 시인지는 알 수 없다. 어쩌면 시계는 그 상태로 계속 정지해 있는지도 모른다. 어쨌든 지금 와서 시간은 사람과 아무 상관없이 흐르거나 또 멈춘다.

남자는 몇 개의 의자를 붙여 한 사람이 누울 만한 공간을 만들고 침낭을 편다. 여자는 까만 부츠를 벗고 침낭 안에 몸을 집어넣는다. 남자는 몇 걸음 떨어진 곳, 역시 몇 개의 의자를 붙여 만든 자리에 낡은 이불을 덮고 눕는다.

"이 행성은 밤낮이 없어서 불편했어요."

여자가 입을 연다.

"멋대로죠."

남자가 대꾸한다.

"그 전에도 캄캄할 때 자고 밝을 때 일어난 건 아니었지만."

혼잣말처럼, 여자가 덧붙인다.

"무슨 일을 했어요?"

남자는 줄곧 궁금했던 것을 묻는다.

"동물원에 있었어요."

여자가 순순히 대답한다.

"동물원? 그런 데가 남아 있어요?"

"옛날에 동물원이었던 곳인데, 동물들은 다 없어지고, 돌고래 한 마리만 있었거든요."

"돌고래?"

돌고래? 남자는 생각한다. 아직도 돌고래가 남아 있었나.

"퓨이라는 이름이었어요. 퓨이, 퓨이, 하고 울어서."

"보통 돌고래들은 어떻게 울죠?"

여자는 잠시 생각한다.

"보통은… 잊어버렸어요."

두 사람 사이를 침묵이 통과한다. 그러나 더 이상 무겁지 않은, 따뜻하고 부드러운 침묵이다.

"저 꽃은 어디서 난 거예요?"

이번에는 여자가 묻는다.

"언덕에서요."

여자의 시선을 따라, 남자도 고개를 돌려 꽃을 본다.

"아직 꽃을 피우는 꽃나무가 있어요?"

"마지막이었죠."

"멀어요? 여기서?"

"한두 시간 걸어가야 돼요. 그런데…."

남자는 말을 끝맺지 못한다.

"이제는 없어요? 아무것도?"

여자가 대신 얘기한다.

"일주일 전에 갔는데, 저 꽃이 마지막이었거든요."

일주일이라, 남자는 생각한다. 정말 일주일 전이었나? 십 년 전 같기도 하고 백 년 전 같기도 한 까마득한 그때는?

"제 칠 행성에는 꽃이 많을까요?"

여자가 묻는다.

"모르죠. 그런 건 절대로 안 가르쳐주니까."

"왜 안 가르쳐주는 걸까요?"

"미리 알게 되면 이러니저러니 말들이 많아지니까요. 이주할 행성을 정하는 문제를 오래 끌다 보면 처리해야 할 다른 일들을 할 수가 없잖아요."

"잘 아네요. 혹시 그런 쪽 일 했어요?"

여자의 질문에, 남자는 대답하지 않고 다른 것을 묻는다.

"어떻게 됐어요?"

"뭐가요?"

"그 돌고래… 퓨이."

"아."

여자의 얼굴에 슬픈 빛이 잠시 어리다가 사라진다.

"이 행성에 남은 사람은 우리 둘밖에 없는 걸까요?"

대답 대신, 여자는 또 다른 질문을 남자에게 던진다.

"마지막 비행선이 떠난 게 이틀 전이니까, 아마 그렇겠죠."

"좀 가까이 올래요?"

여자는 침낭에서 몸을 반쯤 일으킨 채, 남자에게 말한다. 남자는 일어나서 자신이 누워 있던 의자들을 여자 쪽으로 조금 끌어당긴다.

"아까 그 시, 더 들려줘요."

여자는 방긋 웃으며, 남자의 눈을 들여다본다.

…갸우뚱 고개 젓는 그대 한숨 속으로 언제든 나는 들어가고 싶었다. 아아, 그대는 곧 입김을 불어 한 잎의 불을 끄리라. 나는 소리없이 가장 작은 나뭇가지를 꺾는다. 그 나뭇가지 뒤에 몸을 숨기고 나는 내가 끝끝내 갈 수 없는 생의 벽지를 조용히 바라본다. …

끝끝내 갈 수 없는 생의 벽지… 도대체 거기가 어디란 말인가. 남자는 잠시 낭송을 멈추고 생각한다. 그 생각 사이로, 여자의 조용한 목소리가 끼어든다.

"퓨이는… 어제 죽었어요."

다음 날이다. 어쩌면 그다음 날인지도 모른다. 혹은 그로부터 일주일, 한 달, 일 년이나 십 년 또는 백 년이 지났을지도 모른다. 건조하고 투박한 눈이 온종일 내리고 있고, 풀잎 흔들리는 소리까지 들릴 정도로 고요하다. 남자는 조종석에 앉아 계기판을 점검하고 있다. 조종용 계기, 기관용 계기, 항법용 계기….

낡은 난로가 조용히 석탄을 태우고 있고, 낡은 옷가지들이 여기저기 널려 있고, 낡은 테이블 위에 낡은 시집이 놓여 있다. 작은 꽃병도 그 자리에 그대로 놓여 있지만, 이제 꽃은 없다. 싱크대 쪽에는 씻지 않은 그릇들 대신 보글보글 물이 끓어오르고 있는 작은 주전자가 보인다. 여자는 주전자를 불에서 내려, 두 개의 컵에 조심스럽게 물을 따른다. 컵 안에는 작은 꽃잎 몇 개가 담겨 있다.

"잠깐 쉬었다 해요."

여자가 남자에게 말을 건넨다. 남자는 한숨을 쉬고, 들고 있던 스패너를 내려놓은 다음 자리에서 일어난다. 여자는 남자에게 하얀 김이 솟아오르는 컵을 건넨다.

"이상한 맛이죠?"

남자가 한 모금 마시기를 기다렸다가, 여자가 묻는다.

"그렇네요."

두 사람은 마주 보고 웃음을 터뜨린다.

"만약… 이게 안 고쳐지면 어떻게 하죠?"

남자가 결심한 듯, 어려운 말을 꺼낸다.

"그럼 어떻게 되는데요?"

"더 이상 먹을 것도 없고, 받아놓은 물은 곧 떨어질 테고…."

"고치기 힘들 것 같아요?"

"솔직히… 모르겠어요."

여자는 별다른 반응을 보이지 않은 채, 돌아서서 테이블 쪽으로 걸어간다.

"그 시, 제목이 뭐였죠?"

여자는 낡은 시집을 집어 들고, 남자에게 묻는다.

"바람은 그대 쪽으로."

여자는 페이지를 넘겨 시를 찾는다.

그대, 저 고단한 등피를 다 닦아내는 박명의 시간, 흐려지는 어둠 속에서 몇 개의 움직임이 그치고 지친 바람이 짧은 휴식을 끝마칠 때까지.

시는 그렇게 끝난다. 여자는 책을 내려놓고 남자를 본다.

"퓨이 때문이었죠? 비행선을 놓친 건…."

남자에 말에, 여자는 한동안 침묵을 지키다 뭔가를 툭 던지듯 가요, 하고 말한다.

"어딜?"

남자는 멍한 표정으로 여자를 본다.

"여행."

여자는 천진한 미소를 짓고 있지만, 목소리는 단단하다.

"마지막 꽃나무가 있었던 언덕부터 보고 싶어요."

이 세상의 모든 사람들이 제 칠 행성으로 이주한 그해 겨울이었다. 온종일 지칠 줄 모르고 쏟아지던 눈 속에 시누크 한 대가 서 있었다. 한 남자와 한 여자가 그곳에 있었다. 지금은 없다. 눈 위에 나란히 찍혔던 발자국도 오래전에 사라졌다. 어디로 간거야?, 하고 언젠가 그대는 내게 물었다. 글쎄, 어디로 갔을까?, 하고 나도 그대에게 물었다. 그리고 우리는 희미한 바람 소리에 귀를 기울였다.

바람은 그대 쪽으로, 분다.
나의 마음도 그곳에 있다.

본문에 삽입된 시는 기형도의 시집 『입 속의 검은 잎』에 수록된 「바람은 그대 쪽으로」 전문입니다.